L'ANGOISSE DU PARADIS

Marchand de feuilles
C.P. 4, Succursale Place d'Armes
Montréal (Québec)
H2Y 3E9
Canada

www.marchanddefeuilles.com

Graphisme de la page couverture : Isabelle Toussaint
Illustration de la couverture : Affiche de cirque (1890)
Mise en pages : Isabelle Toussaint
Révision : Hélène Bard
Diffusion : Hachette Canada
Distribution : Socadis

Marchand de feuilles remercie le Conseil des Arts
du Canada et la Société de développement
des entreprises culturelles (Sodec) pour leur soutien
financier. Marchand de feuilles reconnaît l'aide
financière du gouvernement du Canada par l'entremise
du Fonds du livre du Canada (FLC) pour ses activités
d'édition et bénéficie du Programme de crédit d'impôt
pour l'édition de livres (Gestion Sodec)
du gouvernement du Québec.

Catalogage avant publication de Bibliothèque et Archives
nationales du Québec et Bibliothèque et Archives Canada

Fortier, Yann
L'angoisse du paradis
ISBN 978-2-923896-52-6
I. Titre.
PS8611.O775A62 2015   C843'.6   C2015-941780-5
PS9611.O775A62 2015

YANN FORTIER

L'ANGOISSE DU PARADIS

ÉDITIONS
MARCHAND
DE FEUILLES

La Terreur de Gorki

Le jeune Ivan Zolotov ne détient aucune connaissance en matière de montagne russe. Après ses études à la Faculté des sciences humaines et sociales de Gorki, par une belle journée où Zolotov déambulera dans Petrograd (ancienne et future Saint-Pétersbourg), il entrera dans un petit musée, refuge de circonstance pour s'abriter d'un orage parsemé d'éclairs fendillant un ciel intraitable. C'est dans ce musée consacré à l'invention et à l'histoire de la montagne russe qu'Ivan Zolotov sera sensibilisé aux origines de cette machine sur rail à faire hurler la peur. Origines prenant d'ailleurs racine à moins de cinq verstes du musée, sur des collines enneigées où, dès la fin du 18e siècle, étaient échafaudées des pistes de descente de luges assez à pic pour insuffler d'étranges sensations de peur au cœur et à l'estomac des lugeurs.

L'arrivée du train et le génie des hommes compléteront le concept de la montagne russe par moyen de roues, de rails, de l'ingénierie des courbes et des hauteurs, de brevets, de perfectionnements, de mises au point, de corrections, d'une garantie d'émotions dites fortes, de stratégies de mise en marché, de modes d'emploi et de protocoles de sécurité.

Zolotov a donc 9 ans en ce 29 août 1949. L'événement du jour à Gorki est circonscrit dans le seul territoire du nouveau parc d'attractions Karl-Marx, inauguré au printemps. « Encore un nouveau truc maintenant ! Une merde de parc d'attractions ! », avait d'emblée soufflé son père avant de se raviser le surlendemain en apprenant que GAZ s'était vu confier la mission d'ériger la « plus invraisemblable montagne russe au monde ». GAZ pour Gorkovsky Avtomobilny Zavod, ou encore Горьковский автомоби-льный завод, ou encore en plus clair, Usine d'automobiles de Gorki –, fleuron industriel de la région, sinon de l'univers, là où le père de Zolotov agit toujours ferme à titre de sous-directeur général, division Métallurgie.

Ivan Zolotov a donc 9 ans. Il porte une salopette courte. Il remue d'excitation sur la banquette arrière de la GAZ Pobieda M20 conduite par son père qui suçote un cure-dents tout en guidant les roues du véhicule en direction du parc d'attractions Karl-Marx. Le petit Zolotov est en état d'extase. Son père conduit en silence. La découpe sonore du poste de radio crachouille en mono la débâcle amoureuse d'un chanteur armé d'une balalaïka. Chanteur gémissant d'ailleurs des complaintes « de merde, que c'est à faire brailler les squelettes de la famille Romanov au grand complet ! », c'est du moins ce à quoi réfléchit son père.

Le petit Zolotov en rêvait, le voici donc en route vers le parc Karl-Marx, salopette courte, assis et trépignant à l'arrière de la Pobieda. L'enfant est heureux. Son père a finalement dit da (oui), conclusion de trois mois d'implorations tenaces, de quelques suppliques, et même, d'une grève de la faim (12 heures). La grève de la faim ne fit en rien fléchir son père, mais bien sa mère, qui au final (12 secondes), sut tempérer son si sanguin mari.

Avant de quitter l'appartement familial, le père de Zolotov s'était donc enfourné un cure-dents au bec, la mère avait bien fière peigné son « grand fils », rajusté les bretelles de sa salopette courte, puis décoché un clin d'œil au mari dont le regard pointait ferme en direction du sol. L'homme avait alors pris la main gauche du gamin en lui annonçant : « Allez fiston, allons-y. »

Retour dans la Pobieda. Le père de Zolotov est anxieux. Pas à propos de son fils, non. Il est psychologiquement tendu alors que le gamin trépigne, bien ignorant que son héros de père rumine le même discours intérieur depuis des mois. Des mois à retarder cet instant précis, où « visiblement, le petit trépigne » et où son père pense que « je ne pourrai jamais monter dans ce truc de montagne russe à la merde. J'ai peur de rien, mais ce foutu engin sur rails... et le petit qui va me demander de monter avec lui dans ce bazar à ferrailles, comme si tout ça était bien normal ! »

Toujours en conduisant, le père de Zolotov s'enfile un autre cure-dents, remplaçant l'ancien déjà transformé en souvenir. Déchiqueté, fondu, avalé.

Le parc d'attractions Karl-Marx ne paie pas de mine, ne nous laissons pas berner par le fait qu'il soit ouvert depuis seulement quelques mois ni par le fait qu'il ait été nommé en l'honneur du grand Karl Marx, père du marxisme. L'endroit est un ramassis de manèges cabossés, endommagés, récupérés un peu partout dans l'Empire, transportés par train, rafistolés, puis aménagés dans un vaste enclos rectangulaire ceint de barbelés récupérés d'un ancien champ de bataille plus à l'est. Pour le reste, il s'agissait de trouver un nom emblématique et fédérateur (Parc Karl-Marx), d'écrire ce nom en format géant sur un panneau lumineux rouge et jaune planté à l'entrée, d'installer l'électricité, de poster une billetterie, d'écrire des règlements puis d'embaucher des effectifs pour les faire respecter.

Les manèges semblent d'autant plus vétustes qu'ils sont écrasés par l'imposante structure d'acier, elle parfaitement rutilante et bien neuve, cette montagne russe nommée Terreur de Gorki. Manège qui se voit de loin, c'est-à-dire depuis plusieurs kilomètres à la ronde. Au point où selon des angles précis, l'heure du jour et la mouvance des saisons, le reflet du soleil sur la composition métallique de la Terreur peut se déposer comme un puissant rayon dans l'iris des camaradescitoyens progressant sur certaines avenues du centre-ville de Gorki.

En route vers le parc d'attractions, assis sur la banquette arrière de la Pobieda, le jeune Zolotov pointe déjà la Terreur de son index : « Papa ! C'est la montagne russe ! » Du rétroviseur, le père observe inquiet le fils, songeant en lui-même qu'une légère sortie de route, plus ou moins improvisée, serait l'occasion parfaite pour remettre à plus tard ce « moment où nous allons nous retrouver dans la file d'attente de cette montagne russe, là où le gamin va me demander : "Tu viens, Papa ?" »

Puisque la scène est campée, y incluant l'enfilade de cure-dents, la salopette courte, l'angoisse du père, le gamin qui trépigne sur la banquette, accélérons la séquence vers la file d'attente pour le stationnement (gratuit), puis vers la file d'attente donnant accès aux guichets de la billetterie (trop chère). De là jaillit l'activation d'une macédoine sonore composée de tonalités de cris, de bruits de roues, d'impacts d'acier sur rails d'acier, de clameurs de stands, de scintillantes lumières en plein jour, de mélodies foraines transperçant des haut-parleurs égorgés.

S'ajoutent à ce chapiteau à ciel ouvert des odeurs de friture, des pigeons lorgnant des reliquats de beignets, deux voleurs à la tire, une adolescente qui restitue kvass et petit-déjeuner, trottant trop tard, mains devant la bouche, en direction d'une poubelle déjà fort expressive.

C'est donc dans ce paysage en parfaite opposition à celui encadré dans le *Monastère des grottes près de Nijni Novgorod* (œuvre si habilement peinte par Savrassov au milieu du 19e siècle), que s'ajoute au décor un clown dont la mission oscille entre grotesque et pathétique : il est stipulé par contrat que ledit clown doit, par tous ses moyens, ici jugés limités, distraire la population qui espère et désespère durant des heures, dans une file indéfinie qui, si tout va bien, doit mener les plus endurants aux wagons de la plus imposante cathédrale de peur sur Terre, c'est-à-dire la Terreur de Gorki.

« Au moins, au bout de cette file, chose rare en Union soviétique, on sait ce qui nous attend », philosophe pour lui-même un jeune homme qui ne semble en rien redouter la mise sur écoute de ses réflexions.

« Allez papa ! Allons dans la file ! » Voilà donc le premier coup de mort. Gamin en main, le père de Zolotov s'injecte timidement dans la file. Le petit de neuf ans a les yeux ancrés au ciel, là où l'enfilade de wagons s'apprête à dévaler à la verticale l'équivalent de 20 étages avant de s'engager dans une courbe à 75 degrés. « C'est plus haut que la cheminée de chez GAZ », analyse le père de Zolotov. Ça hurle durant la montée, ça hurle durant la descente. Les roues d'acier sur les rails d'acier, les cris : le vacarme est ferme et bien total.

Délaissons momentanément cette file d'attente pour plonger à l'intérieur de l'espace administratif du parc Karl-Marx, là où le chef de la sécurité Sergueï Boulgakine s'affaire à son bureau. L'homme veille à la logistique d'une centaine de travailleurs affectés à la sûreté de cet enclos à sensations de tournis, de peurs et de cris. Un enclos qui, comme dans le cas du père de Zolotov, se transforme en prison de honte.

Le chef de la sécurité Boulgakine est un vrai professionnel. Parfaite balance entre poigne d'acier et main de velours, l'homme est apprécié pour sa prestance, son aisance à simuler la confiance et donc, encensé pour ses talents de meneur. Ex-chef de police du quartier Chtcherbinka, il a été promu responsable de la sécurité du parc Karl-Marx. Ce Boulgakine est pleinement investi de sa mission. À preuve, deux téléphones sont posés devant lui. Un rouge et un bleu. « Allô!? Oui! » « Allô?! Non! » « Allô!? Encore non! » On ne discute jamais avec Boulgakine.

Boulgakine est lié à Alexandre Kerenski, beau-frère et néanmoins époux de la sœur de sa femme. Les deux hommes étaient déjà amis avant de devenir beaux-frères, c'est dire leur lien. Kerenski est moins entreprenant et moins chanceux que Boulgakine. Généreux, Boulgakine lui a déniché un boulot de gardien, « aux mêmes conditions que les autres! »

Retour dans la file d'attente de la Terreur de Gorki, après deux heures sous le soleil, là où le jeune Zolotov est toujours aussi émerveillé. À ses côtés, son père sue grassement.

Ses yeux d'angoisse défilent gauche-droite, haut-bas, oblique, proche, loin, transversal, horizontal, vertical, latéral et même collatéral. Un observateur prendrait peu de temps à conclure que «cet homme a un regard fuyant». Un observateur diplômé y verrait quant à lui de la peur, de la détresse et, si ça se trouve, de la prospère semence à faire germer la honte.

À quelques pas du jeune Zolotov et de la file d'attente, le surveillant Kerenski est en pause depuis cinq minutes. Il sourit, heureux, fier, observant les wagons de la Terreur à travers ciel et volutes d'une cigarette «bien méritée». Derrière l'écran d'une fumeuse exhalaison, Kerenski assiste alors à la chute d'un sac tout juste échappé de l'un des wagons pour choir sur le sol après une tombée verticale d'une quinzaine d'étages. Heureusement, personne ne se trouve sous le manège pour recevoir le sac sur la tête, le lieu étant réservé au personnel d'entretien.

L'empathique Kerenski se sent bien désolé pour ce passager au sac perdu. Aussi décide-t-il, ce sans égard à sa pause, de se rendre dans le bureau de son ami et néanmoins beau-frère et chef de la sécurité Boulgakine, détenteur de la clé de la grille menant à l'endroit où Kerenski pourra récupérer le sac «probablement tombé sous les rails».

– Salut, ami et camarade Boulgakine!

– Salut à toi, ami et camarade Kerenski! Du nouveau?

Et Kerenski au grand cœur de détailler la chute du sac, et Boulgakine en bon ami de lui remettre la clé d'accès à la grille conduisant à l'arrière-scène du manège.

Le père de Zolotov a lui aussi vu le sac tomber. Il espère secrètement qu'une grandeur minimale soit exigée pour les enfants montant à bord de « ces engins de mort ». En vain, car ce système de sécurité par évaluation de grandeur ou d'âge minimal n'existe nulle part dans le monde en 1949. Le père en a que la vision prophétique, conséquente à son désespoir de honte, sentiment menant généralement à faire preuve d'ingéniosité.

Comme chaque fois au bout de quelques minutes, le manège se vide de son mijoté d'humains catégoriquement pâteux. Puis vient le tour d'une nouvelle fournée d'adultes et d'enfants bien excités à l'idée de prendre place dans la vingtaine de wagons dont l'enfilade constitue la Terreur de Gorki. D'ailleurs, voilà le tour du père et de l'enfant de monter à bord du manège.

– Allons-y papa !, annonce Zolotov.

– Écoute Ivan, papa va rester en bas et te regarder, d'accord ? Comme ça, je me sentirai encore plus fort avec toi et donc, ça fera comme si on était encore plus forts ensemble.

– T'as peur Papa ?, demande le gamin.

– Non Ivan, seulement...

Le jeune préposé de la Terreur de Gorki freine rapidement l'élan de cette conversation père-fils :

– Allez, allez! On n'a pas toute la journée! Il ne reste qu'une seule place devant!

Le père au fils :

– Alors cette place, Ivan, elle est pour toi ou pour moi?

Dans le théâtre honteux de sa vie, le père pousse un soupir de soulagement pareil à un homme déclaré à tort condamné à mort, sauvé *in extremis* trois secondes avant la fatale décharge électrique. Le temps de le dire, Zolotov, toujours neuf ans, prend place à l'avant du wagon de tête, puis CLAC!, la garde protectrice en fer se referme devant lui. Son père a le cœur qui bat certainement plus fort que celui du petit Ivan. « J'ai conduit mon fils à sa mort », conclut-il.

C'est le départ. Premier de trois tours totalisant deux minutes quarante-trois secondes à hurler sa peur. Démarre la symphonie de la chaîne à crémaillère amorçant l'ascension de l'engin plus haut que la cheminée de GAZ, ce qui est « vraiment quelque chose », pense le père. Ça grimpe, quasi à la verticale. Le jeune Zolotov a pour voisine une fillette d'environ sept ans, qu'il recroisera sans la reconnaître, 40 ans plus tard, elle postée derrière le guichet d'une billetterie. Ils s'échangeront alors un regard très rapide, chacun ayant l'étrange sensation d'un vague courant de terreur.

L'ascension du cortège par chaîne à crémaillère constitue déjà une expérience. Zolotov ne le sait pas, mais à partir du moment où il arrivera au sommet, dans 32 secondes, le train ne dépendra plus d'aucun mécanisme et avancera alors grâce à l'ingéniosité de la gravité et des énergies mécaniques, parcourant le circuit par lui-même, jusqu'à son retour en gare.

C'est parti.

Après la montée, la quarantaine de passagers hurlent leur peur durant la descente, puis poussent des cris que le vent semble vouloir redéposer dans leur bouche alors qu'ils sont propulsés dans la première courbe, tout juste avant d'exercer une puissante remontée d'où s'effectue une stupéfiante pression gravitationnelle dans le cerveau des passagers aux joues tremblantes. À répétition, les genoux de Zolotov percutent la barre de sécurité à laquelle il s'agrippe ferme. La blancheur de ses phalanges est comparable à celle d'un fantôme au trépas. La fillette à ses côtés pousse des sonorités si stridentes que Zolotov en vient à estimer les conséquences de l'éclatement de ses oreilles.

En fait, tout semble vouloir éclater de partout et en même temps : lui, la fillette, les wagons, la structure, le ciel. Zolotov se sent à la fois aspiré d'exultation et de frayeur, tout ça bien causé par la Terreur de Gorki. Pour la première fois de son existence, il tâte de ce sentiment en circuit fermé : attirance-peur-fascination. Son premier amour avec la beauté cubaine Carla Lopez lui donnera plus tard l'occasion de renouer avec cet enchaînement accéléré de sensations de tournis.

« Aaaaaaaaaaaaaaaaaaaaaaaaaaaaaaaaaa-hhhhhhhhhhhhhhh ! », résume donc ce chœur de 40 humains.

Montée, vitesse, énergie, accélération, pesanteur, descente vertigineuse, retournements, vibrations, perte d'attraction, chute rapide, dernière courbe en rase-mottes au pied du manège, puis brusque ralentissement. Fin du tour numéro un.

Zolotov est vert de plaisirs inconnus. Il a tout juste le temps d'entrapercevoir son père au pied du manège, translucide de pâleur derrière le préposé. Père et fils jouissent d'un certain espace-temps pour s'envoyer un timide signe de la main avant l'amorce du deuxième tour. « Un tour et toujours en vie », pense le père. Chaîne à crémaillère, ascension.

Montée, vitesse, énergie, accélération, pesanteur, descente vertigineuse, retournements, vibrations, perte d'attraction, chute rapide, dernière courbe en rase-mottes au pied du manège, puis brusque ralentissement. Zolotov est plus détendu. Son père aussi d'ailleurs. Signes de la main plus confiants. Fin du tour numéro deux. « Plus qu'un seul tour, seulement qu'un tour », pense le père.

La fillette hurle toujours sa peur avec une persistance passionnée, les yeux bien fermés. Elle pleure, ponctuant ses cris perçants de pointes courtisant les ultrasons.

Chaîne à crémaillère. Amorce du troisième et dernier tour. Montée, vitesse, énergie, accélération, pesanteur, descente vertigineuse, retournements, vibrations, perte d'attraction, chute rapide puis dernière courbe en rase-mottes au pied du manège, là où les wagons sont à leur plus rapide avant la brusque décélération naturellement provoquée par la dernière courbe du circuit. Zolotov hurle sa peur, la fillette hurle sa peur, puis les deux gamins hurlent encore plus fort, cette fois les yeux bien à fleur de tête : juste avant la dernière courbe, là où le manège arrive en rase-mottes au-dessus du sol, une tête dépasse du rail. Tête propriété du gardien Kerenski. Tête cerclant des yeux écarquillés d'effroi et une bouche ouverte hurlant une très imminente mort de peur. Le père de Zolotov, un peu plus loin, hurle sa peur avec des yeux franchement exorbités. Le bruit assourdissant des cris, des roues et des crachins forains est ici converti en silence d'impact, celui d'une nanoseconde qui freine tout ce vacarme, bloque le temps, stoppe sec la rotation de la Terre et l'expansion de l'Univers. Durant cette nanoseconde, pile au même moment, la première bombe A soviétique (22 kilotonnes) explose sur le territoire du Kazakhstan – visualiser ici en stroboscopie des plans superposés exposant en alternance l'image des visages horrifiés des deux enfants qui hurlent leur mort de peur devant la tête encore vivante de Kerenski à trois mètres du wagon et le champignon atomique qui s'élève dans le ciel kazakh. Explosion. Visages horrifiés.

Explosion. Visages horrifiés. Explosion. Visages horrifiés. Tout ça en l'espace de ce milliardième de seconde qui arrête le temps alors que la nanoseconde suivante, Zolotov bouche bien ouverte d'hurleur de sa peur a maintenant la bouche bien pleine d'un œil, de fragments d'os et de cheveux de ce qui constituait, dans un passé fort rapproché, la tête de Kerenski.

Ainsi Zolotov, neuf ans, hurle la bouche bien pleine de peur et de chair humaine. La fillette hurle sa mort de peur. Les passagers des wagons arrière hurlent leur peur, tous bien terrorisés par la Terreur de Gorki, surtout ceux ayant le visage maculé de lambeaux non identifiables issus du crâne de Kerenski, ce dernier victime d'une nette distraction en matière de calcul entre le temps mis à sa disposition pour s'emparer du sac et celui d'éviter l'arrivée à plein régime du wagon. Le préposé hurle sa peur, restitue des fragments de beignets frits sur le père de Zolotov, mais zélé conserve la présence d'esprit de tirer vers lui le levier de freinage.

Au même moment, dans le laboratoire du Centre de sismographie de la Faculté des sciences humaines et sociales de Gorki, on relève le choc de la première bombe nucléaire de l'histoire du Grand Empire, premier des 470 engins de mort qui exploseront sur le territoire kazakh au cours des cinq prochaines décennies. Toujours au Kazakhstan, plusieurs Pobieda viennent également d'exploser, GAZ profitant du premier essai nucléaire pour disposer 75 de ses voitures à des distances variables autour du point d'impact de la bombe afin de mettre à l'épreuve (ici particulièrement éprouvante) la résistance de ses carrosseries. « Parce que chez GAZ, on ne lésine jamais quand c'est le temps de tester et de fabriquer du solide ! »

Depuis son bureau, l'énergique chef de la sécurité du parc Karl-Marx hurle dans le combiné du téléphone. « Allô ?! Non ! On reste ouvert ! Pensez aux gamins ! Pensez aux parents ! On ne va pas commencer à fermer le parc chaque fois qu'un petit problème se présente, non ? Parole de Boulgakine, on nettoie et on repart ! » Chemin du retour. Dans la Pobieda M20, le petit Ivan Zolotov est cette fois assis sur la banquette avant, au creux du bras droit de son père, qui lui, suçote ferme un cure-dents, nostalgique des sentiments négatifs qu'il nourrissait pourtant à l'aller. Le service d'infirmerie a fait du bon travail. La douche, la brosse à dents, les baisers sur le front, les mots rassurants de l'infirmière. « Plutôt bien roulée, l'infirmière », avait d'ailleurs pensé le père d'un jeune Zolotov techniquement remis sur pied.

S'éloignant du stationnement, le tandem père-fils est alors toujours en mesure d'entendre au loin les cris de la fillette, hurlant sans relâche sa mort de peur.

L'année suivante, à 10 ans, Zolotov renouera avec le silence d'impact, cette fois causé par un amalgame de condiments.

Situation dont le souvenir net et la genèse du traumatisme surgiront dans son esprit en 1998, à New York, huit minutes suivant sa sortie du mythique Carnegie Hall.

New York, en souvenir de Gorki

1er juillet 1998, 23 heures pile, pile à New York et pile au coin de la 7e Avenue et de la 57e Rue. Zolotov sort du Carnegie Hall après avoir assisté au concert de musiciens cubains rescapés de l'oubli, y compris le pianiste Rubén González, père de Luis Felipe González, un ancien camarade d'études de Zolotov à Gorki au début des années soixante. Zolotov étant à New York à titre de conférencier invité, il profite de son passage et du hasard pour se rendre à ce concert.

Quelques années auparavant, Zolotov avait revu son ancien camarade lors d'un séjour dans un tout inclus qualifié de cinq étoiles à Cuba. Luis Felipe González y travaillait alors à titre de serveur de cocktails, attentif et souriant à une brochette de touristes aspirant au délassement. Chapelet de Mojito Royal, de Cuba Libre, de Daiquiri King, de Blue Hawaiian Queen et autres punchs exotiques fumigènes expliqués en quatre langues. Les Tom Collins, Joan Collins, Shirley Temple et autres Jean Harlow tanguaient ainsi de bar en tables. Bien qu'heureux de revoir à Cuba son ancien camarade diplômé en génie nucléaire (dans un pays où le nucléaire est inexistant), Zolotov avait détesté ce voyage.

Campé dans ce tout inclus, Zolotov est totalement désemparé par l'attitude à adopter au sujet des pourboires à laisser à ces travailleurs cubains touchant en un mois ce que la majorité des touristes encaissent en moins d'une heure. Zolotov assiste ainsi avec dégoût, pour lui-même d'abord, à la chorégraphie d'employés adoptant des postures serviles : main sur le cœur et sourire automate à l'égard d'une clientèle généralement âgée, bedonnante et en quête de ces mouvements de servilité de pacotille chorégraphiés par du personnel dressé à la pratique de la docilité extrême afin que le touriste, une fois de retour dans son quotidien, puisse dire : « On se sentait comme des rois », « Ils sont toujours souriants », « Ils n'hésitent jamais à remplir nos verres. », « C'est un peuple accueillant, qui sourit beaucoup. »

Emmuré dans ce luxe en stuc, Zolotov ressent le tournis de son tourment : « Dois-je donner des pourboires au jardinier ? Chaque fois que je le croise ? À tous les jardiniers ? Combien dois-je remettre ? Et le majordome ? C'est quoi son nom déjà ? Je lui laisse combien ? Et comment je lui laisse ? Que pensent-ils tous de moi ? Pire, que pensent-ils que je pense d'eux ? Ça me revient maintenant, le majordome se prénomme Noelvis. Pourquoi Noelvis ? Est-il contre Elvis ? Contre ceux qui aiment Elvis ? »

Zolotov observe que la principale activité du touriste consiste à ouvrir la bouche de façon involontaire et prolongée en inspirant puis en expirant très profond, large bâillement exprimant bien libre un symptôme de fatigue et de lassitude. Expression faciale pratiquée à la plage, à la piscine, au restaurant, au piano-bar du lobby.

Paradoxe, le cerveau du touriste fatigué cherche toujours à tourner à la même vitesse qu'à son habitude. Chez Zolotov, le vrombissement de cette zone de la pensée en mal de remplissage perpétuel se transforme en fixation indomptable.

L'historien et professeur d'histoire égrène ainsi de la tension et du stress de très haut niveau. « À qui les pourboires ? Combien ? Pourquoi ? Quel usage la femme de ménage va-t-elle faire de cet argent ? Et pourquoi ? » Cette spirale infernale commande d'autres interrogations, ici du genre : « Comment laisser un pourboire sans pour autant avoir l'air d'un colonisateur ? Quelle est la meilleure gestuelle à appliquer au moment de remettre le pourboire ? Dois-je feindre de chercher de la monnaie ? Ou alors dois-je la préparer d'avance ? Débonnaireté ? Timidité ? Gêne ? Connivence ? Dois-je lentement tendre mes doigts serrant les billets en souriant et en regardant la personne dans les yeux ? Dois-je le remettre à la dérobée du regard des autres ? Le barman est-il obligé de partager son pourboire avec les autres barmans ? Ou avec tout le personnel de l'hôtel ? »

Au troisième soir de ce régime infernal, bien enivré par la panique de ce puissant combat intérieur, Zolotov s'enfile au piano-bar un deuxième verre de rhum avant de conclure que pour tenir tête à son état mental, il va désormais cesser toute livraison de pourboire. « Plus de pourboire. Fini ! À personne ! Jamais ! Je préfère nettement la posture du pingre à celle du vil colonisateur sans classe ! En mettant ainsi fin à mon carrousel au cerveau, on va me traiter de radin, mais au moins, en orientant la perception, tous sauront enfin dans quel camp je me tiens ! »

Si bien que tout au bout de son raisonnement, Zolotov croit désormais, soutenu en ce sens par l'approbation d'un troisième verre de rhum, que les cœurs secs sont certainement de terribles tourmentés, incapables de piloter des situations que d'autres ont pourtant le brio de manœuvrer avec un naturel franchissant la frontière de tout entendement logique.

Ce même soir au piano-bar, González dit à Zolotov : « Qu'on soit à Cuba, en Russie ou en Alaska, trop de gens emmagasinent 40 ans de petites rancœurs pour ensuite passer les 40 années suivantes à les baver sur les autres. À quoi ça sert tout ça ? À quoi, Ivan ? » Zolotov ne laisse surtout pas de pourboire à son ami d'études González, « pour ne pas que González croie que je le juge inférieur. » Mais en même temps, Zolotov ne peut s'empêcher de penser qu'agissant ainsi, il envoie justement à González un message où, ne voulant pas le considérer comme inférieur, il le considère précisément comme inférieur. Zolotov ne parvient pas à se libérer de cette prison mentale.

Après 80 heures dans ce manège, Zolotov avait su repérer les bons menus et les principaux acteurs de ce théâtre de villégiature : un directeur d'hôtel polonais, polyglotte, sportif, chétif, crâne rasé, vêtements bien coupés, tête et lunettes rondes, marchant très lentement, sourire figé, mains derrière le dos, affichant l'assurance d'un petit général immortel qui regarde sans regarder, comme s'il cherchait à lire l'heure sur une horloge invisible suspendue derrière son interlocuteur. Un couple gai, fine vingtaine, au gabarit similaire, portant des vêtements à quelques nuances près identiques : coffre, hauteur, largeur, t-shirts moulants, colorés, cheveux en brosse, bermudas blancs, deux tailles trop petits. De loin, Zolotov avait d'abord cru à des frères jumeaux. Et tous ces autres, Allemands, Anglais, Canadiens. Tous, bien convergeant dans la même poêle à frire, bien salivant à l'idée de faire dorer leur viande.

Dans « ce chapiteau du néant », Zolotov examine la parade, pleinement conscient d'en faire partie. Triste de cette conscience. Il abdique. Plie bagage, suffoqué d'angoisse et de ces postures consternantes constituant ce mou ballet pour opulents touristes. « Impossible de rêver dans un paysage de rêve », conclut Zolotov.

Départ précipité et volontaire en direction de l'aéroport de Santa Clara, voyage d'une demi-journée, Zolotov campé à l'arrière d'une Cadillac 1951, aussi rouge que la muleta neuve d'un matador ovationné. Le chauffeur du taxi rouge, Gilberto, est professeur d'anglais et spécialiste en méthodologie de l'enseignement. Zolotov le catalogue sympathique, drôle et cultivé, son seul défaut étant d'écouter à pleine puissance la cassette des grands succès d'un groupe australien. Aller simple vers une nouvelle prison mentale : « Si je lui demande de diminuer le volume, ou d'arrêter sa musique, je vais l'attrister dans son plaisir. En même temps, je ne peux pas croire qu'il écoute Air Supply à tue-tête pour lui-même. Il doit probablement croire que j'aime Air Supply. Mais s'il aime également Air Supply, il sera déçu que je lui demande de retirer son plaisir. Mais s'il n'aime pas Air Supply, et que lui croit me faire plaisir au moment même où je lui demande de réduire le volume, il ne sera plus déçu, mais dévasté. Sommes-nous lui et moi dans pareil nid où chacun se sacrifie pour l'autre ? Enlisés dans la situation insoutenable où chacun déteste Air Supply ? » Zolotov prie pour entendre le chauffeur-guide demander si la musique est O.K., s'il souhaite qu'il réduise l'intensité sonore ou, mieux encore, remplace Air Supply par une nouvelle proposition musicale. Rien de tel ne se produit. Air Supply joue en boucle et à tue-tête.

Sur la route menant à Santa Clara, arrêt à Remedios, visite de l'église San Juan Bautista (Iglesia Parroquial Mayor San Juan de los Remedios). À l'intérieur de l'enceinte, un guide trilingue, jeune, étudiant en droit, appuyé sur une canne et détenteur d'un récent cancer, accompagne Zolotov jusqu'à la statue d'une vierge enceinte. « La seule vierge enceinte au monde ! », chuchote le guide.

Zolotov sait que le guide a tout faux, il a déjà vu d'autres vierges enceintes en photos. Mais il s'agit ici de sa première vision matérielle de la mère du Christ affichant ce ventre plein d'un fœtus né du cocufiage de Joseph par Dieu en personne. Évidemment, il faut se placer de côté pour confirmer les rondeurs. Aucune stupeur quant au sexe de l'enfant à naître (ce ne sera pas une fille), sa version adulte étant d'ailleurs accrochée à une croix au fond de la salle.

Retour dans la Cadillac rouge muleta, vision des mêmes bricoles défilant par le cadre de la fenêtre arrière : souvenirs à vendre sur les trottoirs, dans les boutiques ; statues de héros politiques surplombant la ville ; visite rapide d'un fermier édenté et de sa grange désarticulée, à l'intérieur de laquelle sèche du tabac. Les universités ressemblent à des entrepôts, une rue piétonne, un café où des Italiens retraités s'adonnent à diverses activités, bien entourés de jeunes Cubaines. « Tous semblent jouer leur vie comme au théâtre, le fermier, le chauffeur, la population des villes. Même les Italiens et les jeunes Cubaines. Si pittoresque, si authentique. » Zolotov croit de moins en moins au réel quand celui-ci s'expose de manière trop concrète sous un soleil éclairant des couleurs trop vives et des sourires trop spacieux.

Ivan Zolotov a donc songé à ce voyage à Cuba durant le concert du Buena Vista Social Club au Carnegie Hall. Zolotov a certes apprécié le récital de cette formation où joue Rubén, le père de son ami Luis Felipe González, mais plus important pour l'heure, à la sortie du Carnegie Hall, Zolotov a faim. Celle qui l'accompagne est Carla Lopez, beauté cubaine elle aussi rencontrée à l'Université de Gorki, à l'époque où la propagande et les fonds communistes étaient essaimés à Cuba, en Chine et dans plusieurs pays d'Afrique nés de Grandes Révolutions soutenues par la majestueuse Étoile du Nord, le Régime suprême, l'URSS. Carla avait séjourné deux ans à Gorki avant de quitter l'Empire des soviets pour retourner vivre à Cuba, quelques années avant d'opter, « soumission pour soumission », pour le capitalisme, montant à bord d'un bateau de fortune en direction des côtes états-uniennes.

Zolotov avait « probablement aimé » la beauté cubaine Carla Lopez, quoiqu'il soit toujours demeuré incertain au sujet de quelque sentiment qu'il pouvait éprouver, en général comme en particulier, sans parvenir à définir les contours de ce que voulait précisément dire la sensation d'éprouver. Ce voyage à New York, ici en qualité de conférencier (pour deux heures tous frais payés), lui permettait de revoir Carla Lopez qui de son côté avait fait le voyage de St. Petersburg (Floride) jusqu'à New York (New York), certes pour revoir Zolotov, mais surtout, pour assister au concert historique du Buena Vista Social Club.

Donc à la sortie du Carnegie Hall, Zolotov a faim. « Un hot-dog ? », propose alors Carla Lopez. Zolotov n'a jamais englouti de hot-dog. Alors il répond que « oui », et même, ajoute que « c'est une excellente idée ».

Carla Lopez réclame quatre hot-dogs au préposé du stand. Le temps de sortir son porte-monnaie, la voilà qui attrape la première des quatre molles préparations minute, hot-dog qu'elle relaie en direction de la main droite de Zolotov qui capte le papier gras renfermant le pain-saucisse, puis porte sa main gauche en direction de sa bouche, absorbé par un grand silence d'impact, silence assourdissant, strident, qui éveille un traumatisme d'enfance plus fort que la mort.

En fait, Zolotov roule des yeux pire que s'il avait vu le squelette d'une tête de rat en lieu et place du hot-dog. Il tente de se contenir, mais respire mal. Affairée au stand, Carla Lopez ne remarque rien. Zolotov avance alors sur le trottoir, l'air bien zombi, puis sec catapulte le pain fourré de saucisse sur l'amoncellement de déchets d'une poubelle en surcharge.

La raison de ce foudroyant malaise remonte à 1950, soit un an après avoir bien subi les aléas de la Terreur de Gorki, une année où le jeune Ivan Zolotov a 10 ans. « J'ai pile 10 ans! », répondra d'ailleurs Zolotov durant toute l'année à quiconque interrogera le gamin à propos de la distance le séparant de sa naissance jusqu'à l'année 1950.

Il est éclairant de savoir qu'en 1950, à Gorki comme ailleurs dans l'Empire et dans ses satellites, il s'avère fort laborieux de s'approvisionner en condiments. Qu'il s'agisse autant de mayonnaise, de ketchup que de graines de moutarde. Or, grâce à son enviable position chez GAZ, le père de Zolotov admet alors sa famille à pareil luxe, même si « Attention, ces trucs sont à utiliser à petites doses, ce qui veut dire pour les grandes occasions! », avait bien prévenu Zolotov père.

Il appert tout aussi opportun de savoir qu'en 1950, l'Association des épouses des dirigeants de GAZ constitue pour la mère de Zolotov une dynamique pépinière d'informations pratiques, rotonde d'échanges entre dames de bon rang, cercle propice à l'entraide mutuelle et sincère, le tout conjugué à leur passe-temps préféré, le commérage, et ce, du badin cancan à la plus âpre médisance.

Une belle année en général que celle de 1950, bien qu'en octobre, depuis 36 heures, la santé du jeune Ivan Zolotov vacille. Normal, l'enfant a des poux plein la tête, entretient une grippe coriace et la veille, a trouvé le bon moyen de bien brûler son avant-bras sur la cuisinière électrique. C'est pourquoi cet enfant unique et bien couvé est alité dans sa chambre, en plein jour de semaine, en plein après-midi, en plein dans son 10 ans d'âge. C'est mi-sombre dans la pièce. À travers les rideaux, la lumière crue d'automne trace dans la chambre des lignes verticales et horizontales, rayons exposant le voyage spatial d'une constellation de poussière que Zolotov observe, le regard en trou noir, entre rêves et rêveries, proie d'une fièvre ponctuée de petits délires.

Son conduit auditif demeure en parfaite condition. Si bien que l'enfant entend sa mère qui, de la cuisine, interprète une partition dont Zolotov tente de composer la musicalité. Bruits de casseroles, de réfrigérateur, de cuillères. « Un gâteau pour moi », songe Zolotov. Il s'endort.

« Ivan ? » En gros plan devant les yeux de Zolotov, sa mère tient entre ses mains un bol de bonne dimension, en plus d'afficher entre ses lèvres un large sourire, souligné d'un regard jugé très tendre et très compatissant. Zolotov se relève sur les coudes et tente d'analyser le contenu du bol (une épaisse sauce blanche).

Sa mère ne lui caresse pas les cheveux, pour des raisons évidentes, les poux : « Écoute Ivan, j'ai parlé hier à Valentina Popova, tu vois qui c'est ? La femme du patron de ton père... Tu sais, c'est au sujet des poux... J'ignore ce que ça peut donner, mais elle m'a fortement recommandé d'appliquer sur tes cheveux de la mayonnaise. J'en ai parlé à ton père et il accepte qu'on utilise le produit pour voir si ça fonctionne... Valentina m'a assuré que ça pouvait faire des miracles ! »

Zolotov n'a ni le temps de répondre ni même celui de penser, tout vaseux qu'il est. Sa mère enfonce la cuillère de bois dans le bol de mayonnaise, la ressort, puis applique la mixture comme du glaçage à gâteau sur la tête de l'enfant adoré. Pareil à un cérémonial ancestral, elle répète les mouvements à petits gestes, bien doucement, en silence. Elle enfile ensuite des gants, puis masse la tignasse du jeune soviétique, question d'étendre bien partout la mayonnaise, même derrière les oreilles. La mère extirpe ensuite un petit sac plastique de son tablier, puis recouvre la tête et les oreilles de son petit trésor, bécote son petit nez, pince ses petites joues et quitte la pièce.

Trois minutes plus tard, alors que Zolotov somnole depuis pas plus de 120 secondes, sa mère réapparaît, portant cette fois à la main un linge d'apparence humide. Elle se rassoit près de son fils endormi et, tranquillement, remonte le devant de son pyjama. En apesanteur la tête en sac, un Zolotov somnolent parvient mal à expliquer la logique de cette séquence.

Son ventre est nu. Sa mère étale alors le linge sur la poitrine de son « jeune fils que j'aime tant. Ne crains rien, Ivan, maman met de la moutarde sur ton ventre. Ça fait froid au début, mais dans quelques minutes, tu auras l'impression que c'est très chaud. C'est un truc de Zoja Rudnova, tu vois qui c'est ? L'assistante de ton père. Je lui ai parlé ce matin et elle m'a dit que la moutarde avait des effets bénéfiques, que tout le méchant de la vilaine grippe que tu portes à l'intérieur de toi va sortir et s'imprégner dans le linge, tu comprends ? J'ai parlé à ton père, il m'a dit qu'on pouvait exceptionnellement utiliser les graines de moutarde pour te soigner. Tu comprends, Ivan ? Tu vas ressentir un picotement, la circulation va augmenter sous ta peau, puis tout le vilain méchant de la grippe va sortir. »

Zolotov somnole toujours, officier supérieur d'un sous-marin égaré dans une mer de moutarde et de mayonnaise. Au périscope, il visionne la rapide progression spatiale d'une constellation poussiéreuse attribuable au mouvement de sa mère, qui de nouveau quitte la pièce. Zolotov, ici les oreilles pleines de mayonnaise et la tête recouverte du sac plastique, croit tout de même distinguer de nouvelles activités, toujours côté cuisine. Ses paupières sont lourdes. Son ventre est très, même très beaucoup, chaud.

« Ivan ? » Sa mère promène dans sa chambre un nouveau bol, cette fois plus petit que celui contenant jadis la mayonnaise. Elle se rassoit sur le lit du fils unique, soulève délicatement la manche droite de son pyjama, à hauteur de la brûlure parcourant son avant-bras : « Ivan, dis-moi, tu te souviens de Svetlana Ganina ? » Celle-là, Zolotov s'en souvient. Belle comme cette photo en couverture du plus récent numéro du magazine *Femme soviétique*. Affirmatif, Ivan hoche la tête. « Écoute Ivan, maintenant tu vas essayer de ne pas bouger pendant que j'étends ceci sur ton bras. C'est une recette de la mère de Svetlana pour soigner les brûlures. Tu verras, cette fois c'est seulement froid. Essaie de ne pas bouger ton bras, Ivan, le ketchup pourrait tacher tes draps. Voilà, comme ça, encore un peu de ketchup ici... Et maintenant, essaie de plus bouger. Tu comprends ? »

La mère de Zolotov dépose un baiser sur le bout du nez du fils, pince son lobe d'oreille, essuie ses doigts sur son tablier, se lève et se dirige vers la porte. Elle agrippe la poignée, amorce un mouvement semi-rotatif gauche-droite, se ravise, se retourne vers Zolotov puis chuchote : « Maintenant Ivan, essaie de dormir et si tout va bien, tu seras très bientôt guéri. » La mère de l'historien et professeur d'histoire en devenir referme la porte de la chambre. Zolotov ne dort plus du tout. Son ventre est en feu. Ferme agrippé à son orgueil, il tient le coup. Les dents bien serrées. Parce qu'à chaque seconde s'écoulant, son ventre devient très,

très, très, très, très, très, très, très, très, très, très, très chaud. « Mamaaa !!! Mamaaa !!! Mamaaa !!! »

Trente-quatre minutes plus tard, l'urgence de l'hôpital du quartier Chtcherbinka accueille un Ivan Zolotov brûlé au troisième degré, les cheveux dans la mayonnaise et le bras, que les infirmières jugent au départ ensanglanté, bien taché de ketchup. Nul besoin de préciser la honte intégrale : celle de la mère, mitraillée des pupilles du médecin-chef. Celle de Zolotov, spectateur de ce carnage de honte, pleurant sa misère durant des heures. Une rage qui va bien au-delà de la brûlure au ventre : elle excrète de tous ses pores, de la pointe de chacun de ses cheveux ; elle perce les fondations bétonnées de ce « bon petit Ivan », devenu un monstre, monstre dont le cri primal, à répétition, durant exactement 92 minutes, constitue le sommet historique de sa rage, de sa détresse et de ses pleurs. Au bout de ces 92 minutes, abattu, Zolotov se tait puis s'endort sous l'effet d'un sédatif.

New York, 1998. Zolotov est donc agrippé à la bordure de la poubelle. Il a déjà rencontré un passionné de musique classique affirmant n'avoir jamais entendu Elvis Presley. Zolotov, lui, n'avait jamais mangé de hot-dog. D'en voir un de si près, à portée de dents, commandé avec ketchup, moutarde et mayonnaise, c'est trop.

« Ivan ? Tu te sens bien ? » Carla Lopez tente de comprendre l'attitude brouillée de

Zolotov, son visage pâle, le hot-dog rejeté comme un rat mort, tout ça. Zolotov se tient maintenant la poitrine, la main sous sa chemise, comme si son ventre était en feu.

Puis Zolotov crie : « Mamaaa !!! Mamaaa !!! Mamaaa !!! »

Carla Lopez regarde à gauche, à droite, puis décampe dans le silence d'impact de la honte, 57e rue, tout juste le pas rapide pour ne pas courir, les talons claquant sec sur le trottoir. Ils ne se reverront plus, chacun trop chargé de la honte de l'autre et du reflet trop puissant de sa propre honte d'avoir honte, la pire.

Ce profond sentiment de honte est totalement inexistant lorsqu'à seulement 12 ans, il aperçoit Staline, même de loin, le jour d'inauguration d'AGROGORKI, immense et rutilant paquebot de tôle destiné à servir d'usine de transformation alimentaire. Pour l'heure, il est convenu de dire que Zolotov suit une enfance et des études heureuses, embrasse pour la première fois une fille à l'âge de 20 ans, la beauté cubaine Carla Lopez, et qu'entre l'âge de 11 et 21 ans, il passe le plus clair de son temps la tête penchée, la bouche entrouverte et le nez pointé dans son vaste refuge, ses bouquins d'histoire.

Durant cette période, son père gravit les échelons de chez GAZ, bien fier de répéter « Aucun jour de vacances en 11 ans ! », tandis que sa mère prend du galon dans les cercles sociaux des femmes d'époux jouissant de situations privilégiées, du moins vu de l'Est. À peine ses parents remarquent-ils la croissance du jeune Zolotov, à peine Zolotov remarque-t-il la décroissance de ses parents.

Ce n'est qu'au cours de l'été précédant l'obtention de son diplôme que le père de Zolotov exprimera quelques secondes d'inquiétude : « Ivan est devenu grand, mais ce nez toujours dans ces foutus livres d'histoire, c'est pas sain ! Le petit a besoin de besogner ! » Les portes grandes ouvertes de chez GAZ n'étant ni une option pour Zolotov fils (« Jamais ! ») ni pour Zolotov père (« Tant mieux ! »), il fut convenu que l'enfant unique irait humer l'air de la campagne. Un soir à table, son père prophétise ainsi le décor : « Tu iras chez tante Anna et oncle Leonid ! La rosée du matin, le fumier du midi, les pommes de terre du soir : tu verras Ivan, tu nous reviendras fort et complètement transformé ! » Zolotov, le nez pointé dans ses bouquins, écoute alors distraitement le paternel. Il ne remarque pas sa mère qui ronge avidement un petit bout de peau dépassant du pourtour de l'ongle de son pouce gauche. Demander à sa sœur d'héberger son fils est une chose, mais elle, « jamais au grand jamais » n'accepterait qu'un jour Rita et Natasha, ses nièces campagnardes aux épaisses joues, viennent séjourner à Gorki. « J'en mourrais de sortir en ville avec elles », se surprend-elle à penser en grignotant ses ongles.

Un après-midi au champ

Nous voici donc en 1961. Zolotov a 21 ans, est passionné d'histoire et séjourne de force, pour l'été, chez tante Anna, oncle Leonid, les cousines Rita et Natasha aux joues épaisses, famille campagnarde évoluant dans une maison bancale plantée au milieu d'un champ en périphérie d'un petit hameau lui-même en périphérie de la ville d'Engels.

Engels (altitude 20 mètres) se situe tout juste en face de Saratov, à 700 kilomètres au sud-est de Moscou et à 644 kilomètres au sud de Gorki. Entre Saratov et Engels coule la Volga, plus long fleuve d'Europe.

Au siècle dernier, en 1914, la ville d'Engels est d'abord nommée Kosakenstadt, c'est-à-dire « Ville des Cosaques », capitale de la République socialiste soviétique autonome des Allemands de la Volga. Puis en 1931, pour des raisons qui nous paraissent plutôt évidentes (la cote des Allemands affichant des signes de faiblesse en URSS), le bled est rebaptisé Engels, ici en l'honneur de « l'inspirant Friedrich Engels », beau-père du marxisme, admirablement dépeint par un officiel de la région dans un discours-fleuve de six heures louangeant non seulement le grand Friedrich Engels, mais tout autant les puissances universelles de l'Empire.

Voilà donc Zolotov, assis sur un tas de planches (altitude deux mètres), la tête penchée et le nez collé au récit consigné d'heure en heure de l'arrivée des troupes du Tsar Alexandre dans Paris en 1814. Zolotov, tsar couronné par la majesté de ses 21 ans, a le dos appuyé contre la paroi nord de cette maison vétuste, encadrée par ce champ déployé à 25 kilomètres d'Engels (100 000 âmes).

Zolotov réside en pension « et en prison ! » chez la plus jeune de ses tantes maternelles. Tante dont l'époux, anciennement prénommé Hermann, puis rebaptisé Leonid en 1941, pour des raisons qui nous paraissent également évidentes en raison de la décote des prénoms allemands à cette époque, est garde forestier, absent chaque jour de semaine depuis avril, affairé à surveiller les bois de l'arrière-pays de Saratov. Durant cette période où il agit comme garde forestier, Leonid habite une simple cabane plantée au milieu d'une forêt de moustiques et de conifères. Il y traque le braconnier, et ce, « quitte à lui tendre des pièges ! »

Leonid et Anna ne s'aiment pas tendrement, mais s'apprécient beaucoup. Ils n'aiment pas non plus particulièrement leurs fillettes, mais se réservent bien de le montrer. « Formidable ! Encore une fille ! », avait d'ailleurs prononcé Leonid à la naissance de Rita, arborant le sourire crispé du résigné subissant le silence d'impact causé par l'absence d'un petit bout de chair pendouillant entre les jambes du bébé gluant, extirpé en moins d'une heure des entrailles de sa femme. Chose certaine, tous s'apprécient, à preuve Leonid qui parfois, assis à l'ombre sous le porche de la maison, crachote en direction du champ : « Regarde Anna ! Tes deux filles travaillent déjà comme des hommes ! »

Dans ce champ cadrant la maison où lit ici l'oisif Zolotov, les deux fillettes s'affairent justement à la culture de la pomme de terre. Natasha (huit ans) et Rita (six ans) sont les deux cousines aux joues épaisses d'un Zolotov n'ayant jamais caressé l'idée de se courber le dos dans un champ pour y cultiver quoi que ce soit. Zolotov préfère courber le cou pour cultiver sa pensée, « ce qui ne met pas grand-chose dans son assiette ! », sentenciait Leonid à sa femme, à propos de ce « fainéant de ta sœur et qu'encore une chance qu'elle nous paie pension ! »

Natasha et Rita se ressemblent. Elles portent des vêtements en tout point similaires : « C'est moins ruineux ! », dit Leonid. Les mêmes cheveux blonds : « C'est la génétique ! » Des cheveux soulevés au vent léger.

Zolotov ne voit pas les mignonnes puisqu'elles besognent la terre à pommes de terre du côté sud de la maison. Surtout, il supporte mal de les voir ainsi travailler : « Regarder ces fillettes au travail, ça me fatigue. » Voilà pourquoi il opte pour le côté nord de la maison. En paix. À l'ombre.

Bien qu'absorbé par sa lecture, Zolotov perçoit une rumeur, sourde. Habituellement, les sœurs chantent du matin au soir des airs agricoles du Parti « pour se donner du courage ». Pourtant, à cet instant, elles semblent converser avec agitation. Zolotov croit percevoir que Rita se rapproche de la maison, car au fur et à mesure qu'elle interpelle « Mama ! Mama ! Mama ! », l'éclat de sa voix se clarifie à ses oreilles. La porte de la maison, elle aussi côté sud, claque à répétition. Zolotov est fort agacé : « Toujours quelque chose. Jamais moyen de lire au calme. Ces petites devraient apprendre à se taire dans un camp de réforme. » Encore des claquements de porte. Puis retour au silence.

Tête penchée, Zolotov est au passage où en 1814, *les Parisiens sont incrédules. Autour de leur ville, les armées du monde entier sont prêtes à tout raser. Une armée coalisée, menée par le Tsar Alexandre lui-même. Les Parisiens tremblent à l'idée d'un pillage.*

« Ivan-Ivan-Ivan ! Au secours, Ivan ! » Apparaît derrière les pages du livre la petite Rita qui court en direction de Zolotov. Elle trébuche, se relève, court. « Ivan-Ivan ! » Zolotov lève les yeux, rabaisse son livre, soupire. « Ivan ! Un extraterrestre ! »

Zolotov ne croit pas aux extraterrestres. En fait si, il y croit. Mais il ne croit pas aux extraterrestres dans un champ, en périphérie d'Engels, par un après-midi de juin. Il sourit à Rita, qui elle gesticule au pied du tas de planches (altitude deux mètres).

« Un extraterrestre ! Descends ! Viens voir, Ivan ! » Zolotov est bien irrité : « J'aurais mieux fait de rester à Gorki », pense-t-il. Ébahie devant l'attitude stoïque du grand cousin, la petite Rita déguerpit subito, direction sud : « Mama ! Mama ! Mamaaaa ! » Elle trébuche, se relève, crépite encore.

Zolotov reprend ainsi sa lecture : *Le 31 mars, vers midi, le Tsar, à l'entrée de Paris, reçoit les maires d'arrondissement. Ils lui remettent les clefs de la cité. En cette fin de mars 1814, les affaires de Napoléon Bonaparte sont au plus bas.*

« Ivan ! Descends tout de suite et maintenant ! » Au pied du tas de planches où se perche Zolotov, tante Anna a pris le relai de cousine Rita : « Viens voir, Ivan ! Il y a cette chose qui s'approche de la maison, la tête toute blanche et le corps tout orange ! Tu descends, Ivan ! Maintenant ! »

Zolotov songe que « cousine Natasha est, des trois, la moins empoisonneuse. L'an prochain, j'irai lire au calme dans la cabane d'oncle Leonid. Si c'est moins confortable, c'est probablement beaucoup plus silencieux. » Zolotov se déloge de son monticule constitué du tas de planches récupérées d'une ancienne datcha, bois aujourd'hui destiné au chauffage de la maison. L'étudiant de Gorki n'a surtout pas envie de se presser, tout stress environnant ayant pour effet immédiat de le ralentir. Tante Anna a déjà détalé. Zolotov l'aperçoit qui trébuche, se relève, poursuit sa course.

C'est donc au pas lent, livre en main, l'index servant de signet, que le futur historien atteint le côté sud de la maison. Au loin dans le champ clair, il distingue une forme sur deux pattes qui s'approche. Hostile ? L'extraterrestre semble connaître certains codes terriens, car, bien qu'avançant avec peine, la créature envoie des signes de ce qui ressemble être une main, mouvements qu'un observateur avisé pourrait qualifier de pacifiques. Devant la porte de la maison, tante Anna serre les deux petites sous ses ailes. Toutes trois sont à la fois apeurées et fascinées par la chose.

Zolotov ressent aussi une part d'inquiétude. La chose se rapproche en émettant des sons à travers la boule blanche qui lui sert de tête. Des sonorités indistinctes, comprimées. Zolotov amorce quelques pas en direction de la créature qui tend à s'approcher en direction d'un Zolotov qui choisit alors de bifurquer sur sa gauche, mais voilà que la chose bifurque sur sa droite, tentant manifestement un rapprochement. « Qu'aurait fait le grand Tsar Alexandre ? », se demande Zolotov. Alors il s'immobilise, croise ferme les bras, bombe le torse puis adopte une posture d'autorité, tout en rêvant à une grosse roche ou à un tronc d'arbre sur lequel il pourrait déposer le pied droit pour ainsi mieux magnifier son air de défiant triomphateur.

La créature s'arrête à quelques mètres de Zolotov, continuant d'émettre ses sons inaudibles, étranges, « comme un écho comprimé ». La chose gesticule des bras puis les dirige vers sa tête lisse et blanche, tête sans yeux ni bouche ni oreilles. La créature soulève une visière. Dès lors, le son se fait plus audible : « Ne craignez rien les amis ! Je suis des vôtres ! J'arrive du cosmos ! » Zolotov se dit qu'un extraterrestre, c'est bien possible que ça existe. Et même, pourquoi pas, au milieu d'un champ, en plein après-midi, à proximité d'un hameau en périphérie d'Engels. « D'accord, à la limite, c'est possible. Mais un extraterrestre qui parle russe ? » Si l'étudiant voue égards et respect pour les splendeurs et la puissance de son pays, cet amour n'est pas aveugle : « Un extraterrestre qui parle russe ? Ça, non. »

L'être étrange soulève de nouveau ses bras, dévisse sa tête et la dépose à ses pieds. Surprise : sous cette tête, une autre tête, bien humaine, en pleine sueur : « Bonjour camarades ! Je peux téléphoner ? »

Deux minutes plus tard, dans la maison agricole, Anna, ses filles Natasha et Rita, le neveu Zolotov, tous observent ce Youri Dimitrievitch Gagarine, « cet homme curieux visiblement en plein délire », qui prétend arriver du cosmos : « J'ai fait le tour de la Terre, c'était incroyable ! Grandiose ! C'est bleu ! » « Non, en parachute ! J'ai dû m'éjecter à environ 7 000 mètres d'altitude, vous imaginez ? Dites, vous pouvez m'aider à enlever ma combinaison ? Ah, et dites-moi camarades, vous avez le téléphone ? »

Un verre d'eau, du pain, une pomme de terre bouillie, puis voilà Youri Gagarine sans combinaison, combiné en main : « C'est Youri ! Vivant, oui ! Je suis... Au fait, où est-ce que je suis ? Chez des camarades paysans ! Un champ près d'Engels ! Oui !... Non !... Non !... Attendez ! » Puis vers Anna : « Quelle est votre adresse ? »

Quatre heures plus tard, alors qu'un vaste convoi civil et militaire s'éloigne de la route s'effaçant dans l'horizon du côté nord de la maison de tante Anna, convoi lesté du premier homme de l'espace, Zolotov, à nouveau perché sur son tas de planches, tête penchée, n'en peut plus : « C'est bien décidé, l'an prochain, je reste à Gorki. Ici, y'a jamais moyen de lire au calme. »

L'été suivant, et même durant une bonne partie de l'année, Zolotov aura tout le loisir de lire au calme, en partie flanqué de Lenara Tchoutchoumacheva.

Zolotov obtient son diplôme

Zolotov a 23 ans. En 1963, il est plutôt maigriot, moins grassouillet qu'après la chute du Régime. Il ne porte pas de lunettes non plus. Ça aussi, il n'en portera que dans une quarantaine d'années, dès les mois suivant la chute du Mur. Pour l'heure, Zolotov aime bien le Régime et Khrouchtchev, son chef. En clair, il est plutôt satisfait de sa vie. Il n'a jamais travaillé, observant que la majorité des citoyens de son âge affichent en général une mine démunie, « bien qu'eux travaillent ». Zolotov se préserve pourtant de toute adéquation entre le travail et quelconque conséquence négative d'icelui. D'ailleurs, avec l'approche de sa fin d'études, le futur historien devra tâter du service militaire. Une perspective sans tourment puisque « si tout va bien, mon service militaire sera de coordonner la logistique de livraison de camions militaires chez GAZ, derrière un livre, derrière un bureau, derrière une porte fermée. »

Zolotov étudie sans relâche pour atteindre la cime des notes supérieures. Il vise le pic du sommet. Voilà pourquoi il s'acharne énergiquement à ses études, se sachant dépourvu de tout don inné ou de talent dit naturel. Parce qu'arriver premier de la cohorte assure de tradition un poste de professeur à la faculté. « Je pourrais ainsi passer du pupitre de l'étudiant au bureau du professeur, dans la même école, dans le même pavillon, dans le même couloir, sans autre tourbillon ou désagrément. » Tel est le plan d'un Zolotov cherchant à éviter les sorties trop abruptes à l'extérieur du cadre d'un quotidien bien réglé, de toute action jugée oppressante ou pire, trop risquée.

De ses études, peu à redire. Il a rencontré quelques Cubains (apprenant l'espagnol et certaines sensations charnelles auprès de la beauté cubaine Carla Lopez), aussi rencontré trois Africains, tous étudiants comme lui à l'Université pédagogique d'État de Gorki (ancienne et future Nijni Novgorod). Des étudiants étrangers fascinés par la grandeur et les splendeurs du Régime, de Moscou et même de Gorki. Zolotov est sans amis, « sauf Dimitri Mazunov », et encore moins de petites amies officielles depuis le récent départ vers Cuba de la beauté cubaine Carla Lopez, « donc pas d'embrouilles ».

Ce Dimitri Mazunov est une vraie bombe atomique : il étudie peu, obtient des notes de haut niveau, est lié à une grappe de camarades évoluant dans toutes les sphères. Quelques petites amies aussi, parfois en même temps, jamais dans le même lit. « Souviens-toi bien de ceci Ivan : dans la vie, il faut savoir tracer ses limites ! », avait déjà expliqué Mazunov à Zolotov. Dimitri

Mazunov est moins beau que Zolotov, qui lui est moins beau que le colonel Boulgakov, comme quoi « ce Dimitri, c'est vraiment un truc à n'y rien comprendre ».

Du haut de ses 23 ans, Zolotov croit qu'un équilibre mécanique régit une certaine justice universelle : « Dimitri a du succès en société, mais son père est mort à Berlin, pile le jour de la libération de la cité allemande par le Régime. » Mazunov père avait en effet escaladé le toit du Reichstag, enfiévré par l'ardent désir d'y planter le drapeau du pays conquérant (ou libérateur, tout dépendant du côté de la barrière). Une fois sur le toit du Reichstag, le père de Dimitri aurait perdu pied, tenté de se retenir sur la gouttière de sa seule main gauche, la droite agrippant toujours ferme le drapeau soviétique, pour au final s'échouer sur le sol, le visage bien pulvérisé sous un linceul rouge (le drapeau). La petite histoire veut que le photographe ukrainien ait lâché un « putain de merde » en réalisant avoir échoué dans sa tentative de cadrer le père de Dimitri durant le court instant de sa chute.

Depuis cet événement tragique, bien que véritable objet de fierté familiale, la mère de Dimitri subsiste « de peine et de misère » à la faveur de ce qu'il est entendu de qualifier de maigre pension. Dimitri n'a donc plus de père, a beaucoup de petites amies, jamais dans le même lit. Voilà le portrait. « Tout est équilibre », pense à cette époque Zolotov pour qui le choix de l'immobilisme évite une surcharge d'extrêmes favorisant cet «inévitable mouvement de balancier régissant l'harmonie universelle, balancier qui me donne le tournis».

Zolotov est conscient de sa fortune : un grand logement, une mère et un père depuis peu heureux propriétaires d'une nouvelle mécanique extirpée des entrailles de GAZ, soit la mythique automobile roulant sous la marque de commerce Volga. S'ajoute à cet horizon fortuné que depuis le matin, Ivan Zolotov est officiellement devenu historien soviétique. Et bon premier de sa cohorte. Sa thèse *Voyages des ambassadeurs de Novgorod aux XVI*[e] *et XVII*[e] *siècles* est déjà estimée dans certaines officines du pays, y compris celle des Archivistes de l'Académie des sciences, celle de la Direction générale des archives et celle de l'Institut Marx-Engels-Lénine.

Bien sobre et bien solennel, l'événement de remise des diplômes est suivi d'une fête à l'appartement de ses parents, soirée réunissant oncles, tantes, cousins, cousines, amis de ses parents, un peu de vodka, puis un peu plus de vodka, quelques bourrades aux épaules d'un Zolotov qui, vers les 21 heures, a déjà trouvé refuge dans sa chambre, préférant la lecture à l'ivresse de ses parents et de leurs convives trinquant bien ferme au salon, et ce, «à la santé du bon Ivan!», sans plus se formaliser de son absence.

Depuis plus de 20 ans, le père de Zolotov empile les promotions chez Gorkovsky

Avtomobilny Zavod (acronyme GAZ, Usine d'automobiles de Gorki), fleuron de la région, fleuron du Régime, donc un fleuron mondial, sinon intergalactique. Comme il a été dit, son père possède depuis peu une Volga, voiture-fleuron construite chez GAZ. Un véhicule de belle gamme, « beaucoup mieux que cette merde de VAZ ! », décochait parfois son père, une fois bien convaincu qu'aucune oreille de propriétaire de VAZ, voiture lancée cette année-là et connue plus tard sous le nom de Lada, ne se trouvasse en zone audible. Zolotov père sautait ainsi sur chaque aubaine que la vie lui offrait, seul ou avec sa femme, pour lancer à voix haute, pareil au pire des jurons de l'Empire : « Ma Volga, c'est beaucoup, mais beaucoup mieux que cette merde de VAZ ! »

En 1963 à Gorki, posséder une Volga, un logement de six pièces confortablement meublées et quelques privilèges composait un avis définitif de réussite, ce qui rendait d'autant plus convaincu et convaincant le père de Zolotov au sujet des « incommensurables bienfaits, du prestige et des splendeurs infinies du Régime ».

Ce soir-là, comme tous les soirs, Zolotov s'endort loupiote allumée, épuisé de lecture. Les dernières paroles qu'il perçoit du salon sont paternelles : « Ah mes amis ! Cet Ivan, tout de même ! Je suis bien fier de lui ! » Gris, le père grommelle ensuite quelques phrases étirées en molles guirlandes : « printemps dernier chez ta sœur », « ce petit fainéant », « beaucoup trop tête de lard pour demander un autographe à Gagarine ! »

« Brrrzzzzzzzttttttzzzzzzzzzzzz !!! Brrrzzzzzzzttttttzzzzzzzzzzzz !!! »

La sonnette du logement de la famille Zolotov ne fait pas *ding-dong* ni même *drelin-drelin*. La sonnette fait *brrrzzzzzzzttttttzzzzzzzzzzzz*. Et ce, depuis cinq minutes, temps mis à disposition de l'historien frais diplômé pour sortir de ses rêves, réaliser où il se trouve, se rendormir, se réveiller, bâiller, s'asseoir au bout du lit, frotter ses yeux, lancer un « Mamaaaaa ! Tu réponds ? », réaliser que c'est mercredi matin et que « Mama doit être partie perdre son temps à l'Association des épouses des dirigeants de GAZ », puis déplier ses genoux, *brrrzzzzzzzttttttzzzzzzzzzzzz !*, sortir de la chambre, encore bâiller, *brrrzzzzzzzttttttzzzzzzzzzzzz !*, dire « Merde, j'arrive ! », traverser le salon, saisir la poignée de la porte, *brrrzzzzzzzttttttzzzzzzzzzzzz !*, exercer une rotation gauche-droite du poignet, ouvrir la porte et se retrouver nez à nez avec un Dimitri Mazunov en pleine possession de son sourire et de ses moyens.

Dimitri Mazunov. Rasé, le regard moqueur et allumé : « Bon matin, monsieur l'historien ! » Zolotov avait oublié, mais Dimitri a planifié « une petite virée » pour Zolotov afin de célébrer son diplôme et « pour une fois, te sortir de tes foutus bouquins ! »

Pain, beurre, confiture, café (très mauvais, mais Zolotov l'ignore). Devant lui, Dimitri Mazunov, toujours tout sourire : « Non, mais c'est quoi cette tête de veau ce matin Ivan ?! »

Sur la table de la cuisine, de l'inusité : une pleine bouteille de vodka, les clés de la Volga, quelques roubles, une note manuscrite.

Cher fils, ta mère et moi sommes fiers de toi. Je n'y croyais pas tellement à ce diplôme, mais t'y voilà. Je ne sais pas où ça va te mener, sûrement pas chez GAZ comme je l'espérais, mais tout de même. Comme je sais que Dimitri a décidé de t'organiser une petite journée pour célébrer, voici la contribution. Ta mère et moi t'apprécions beaucoup.

Zolotov tend la note à Dimitri.

« Au moins, il ne t'a pas remis Gagarine sous le nez ? » Dimitri est bien au fait de l'obsession du père de Zolotov au sujet de la rencontre du printemps dernier entre son fils et Youri Gagarine, en plein champ, rendez-vous non sollicité rejaillissant sur le prestige de la famille au complet, bien que son père n'ait jamais pu en fournir quelque preuve tangible. « Pas l'ombre d'une photo ! Pas même une signature sur un bout de papier chiottes ! Tu te rends compte, Dimitri ?! » Son père apprécie beaucoup Dimitri, chez qui il reconnaît l'énergie de sa propre jeunesse. Appréciation réciproque pour un Dimitri au père mort au pied du Reichstag. Dimitri est fréquemment pris à témoin par le père de Zolotov : « Tu as pensé à quoi, Ivan ?! Tu avais le grand major Gagarine devant toi ! Je vais te le dire moi, à quoi tu pensais ! À rien ! »

Dimitri a bien planifié cette journée et c'est d'ailleurs de sa propre initiative qu'il a proposé au père de Zolotov de « préparer un petit spécial ». D'où la bouteille de vodka, les clés de la Volga, les roubles et la note manuscrite sur la table de la cuisine.

Douche, rasage, vêtements, voilà Zolotov de retour dans la cuisine où fume Dimitri, l'air grandiose, deux verres de vodka posés devant lui.

« Allez l'historien ! Tout d'abord, un petit voyage sur les ailes de Cigarette et Vodkair avant d'aller rejoindre tu ne sais pas qui ? Lenara et Donera. Et qui sait, peut-être l'occasion de leur filer le train, sinon l'arrière-train ? Tu sais Ivan, comme dans tchou-tchou ! »

Douleur et carambolage dans la poitrine de Zolotov. Lenara Tchoutchoumacheva, aînée des sœurs Tchoutchoumacheva. « Une beauté totale, aux courbes, aux lignes et aux perspectives encore plus harmonieuses que celles des pylônes électriques hyperboloïdes conçus par Choukhov », songeait souvent Zolotov en apercevant ce phénomène féminin progresser sur les trottoirs de Gorki, toujours « et par chance », d'assez loin pour permettre au cœur de Zolotov de bien tenir le coup.

« Ça sent les emmerdes », pense Zolotov, à la fois heureux, anxieux et, disons-le, complètement propulsé dans un extrême déséquilibre. « Ça sent les vraies emmerdes. »

Vodka. « Za zdarovié ! » Une cigarette Cosmos (Kocmoc) dans le bec. Après le duo vodka-Cosmos, entre en scène le duo Zolotov-Mazunov, qui dévale les escaliers de l'immeuble. Dehors, c'est la mi-mai. C'est les fleurs, c'est les oiseaux, c'est le crachat des trolleybus, c'est le soleil, c'est une franche chaleur bien sèche. Gorki, c'est tout ça.

La Volga bleue démarre et se glisse dans une circulation légère. « Alors Ivan, laquelle des sœurs Tchoutchoumacheva tu préfères ? Moi, c'est Lenara ! Une vraie fusée ! » Zolotov n'est pas surpris. Alors que lui a, de peine et de misère, réussi à compiler de rares moments d'intimité avec la beauté cubaine Carla Lopez durant une partie de ses études et que Dimitri, lui, enfile les rencontres « au complet » comme des grains de chapelet, voilà que le Casanova de Gorki plante déjà son drapeau sur le nom de Lenara, simulant poser une question à laquelle il prend bien soin de répondre. Zolotov est compatissant. Il croit que Dimitri Mazunov agit inconsciemment. « Ainsi sont les cavaleurs », pense Zolotov.

– Alors Ivan, laquelle des deux Tchoutchoumacheva ?

– Donera, s'entend répondre Zolotov.

– Formidable, Ivan ! Tu vois, ainsi, pas

de combat armé, mon cher camarade historien ! Alors moi Lenara, toi Donera ! Quelle chance nous avons, non ? J'aurais pourtant cru que tu allais répondre Lenara en raison de la maigreur de Donera qui me fait un peu songer à un poteau de corde à linge, alors c'est tout tant mieux.

Mazunov est un puissant positif. Il tend la bouteille de vodka dans le champ de vision de Zolotov, allume deux autres Cosmos : « Non, mais quelle musique de merde, Ivan ! Moi, la balalaïka, c'est trop ! » Puis, jetant un œil furtif dans le rétroviseur et vers l'arrière de la Volga, comme s'il craignait être suivi, Mazunov questionne à voix basse : « Dis-moi Ivan, t'as déjà entendu parler du rock and roll ? »

Les sœurs Tchoutchoumacheva. Les voici bien fringantes à l'arrière de la voiture. Pas sages du tout, les sœurs. De leur sac surgit une bouteille de vodka, elles s'allument des Cosmos. Elles rient fort, enlignent les affirmations. Zolotov détecte l'état dans lequel il s'apprête à plonger : devenir spectateur du plaisir des autres. « Si je ne fais rien, je vais bientôt me transformer en simple chauffeur de leur petite virée en mon honneur. La journée s'annonce pénible. »

Tout en conduisant, Zolotov pense qu'il se sent rarement lui-même, sans pourtant connaître cet aspect de lui-même qu'il aspire à ressentir. Sans pour autant avoir la certitude des fondements de cette aspiration. Un peu comme s'il parlait et écoutait l'autre et les autres à travers le filtre d'une absence de lui-même, une absence de réalité en somme, sans pouvoir reconnaître si les autres sont eux-mêmes ancrés dans leur propre réalité. Pour Zolotov, les individus et les événements sont intangibles, circulent tout juste un peu à l'écart de lui. Aussi a-t-il l'impression d'assister au spectacle de la vie depuis une immense salle vide, tantôt assis à la première rangée, tantôt posté au balcon, tantôt positionné à l'arrière-scène. Paralysé, il se sent totalement inapte à entrer en scène, fort du sentiment qu'une fois monté sur les planches, tous les acteurs s'enfuiront pour prendre place dans la salle, prêts à huer ses traits de solitude, ici magnifiés sous les projecteurs. Zolotov seul dans la salle à observer le spectacle. Zolotov seul sur scène à se faire observer des spectateurs. « La jonction est impossible », conclut-il.

Zolotov actionne alors les mécanismes de son courage afin de s'extraire de la spirale de ses réflexions. Il ôte sec la bouteille de vodka des mains de Dimitri, la soulève en guise de salutations aux sœurs Tchoutchoumacheva, via le rétroviseur, « Za zdarovié ! », avale une rasade, puis plante une Cosmos à son bec. Tout en roulant, il perçoit le parfum et parfois le souffle de Lenara sur sa nuque quand elle expire les volutes de sa Cosmos. Léger frémissement.

« Alors Dimitri, on va où ? », demande Zolotov.

Le plan est un pique-nique en périphérie, sur la rive gauche de la Volga. « Oui, en dehors de cette foutue ville de merde! », lance Donera en parlant dans sa bouteille. Zolotov en frissonne.

Lenara approche alors sa tête de celle de Zolotov, léger frôlement joue contre joue : « Dis-moi cher Ivan, c'est vrai ce que raconte Dimitri? Tu as vraiment rencontré Gagarine au printemps dernier? Il t'a fait un autographe au moins? »

À force de rouler pour « enfin sortir de la ville », la route aussi bucolique que cahoteuse longe le tracé sinueux de la Volga, dessinant d'agréables ondulations, tant sur ses verticales que ses horizontales. Sinuosités lestes, ouvertes à laisser entrevoir les charmes d'un paysage en transition, selon l'inclinaison d'un soleil qui pour l'heure, se poste au zénith.

Zolotov reprend de son entrain, ragaillardi par la crue de vodka, les spirales de Cosmos, le parfum de Lenara et celui, intermittent, du fumier des champs. « Je me sens bien », pense-t-il désormais, et ce, même si un brouillard se lève, sorte de drap translucide, en danse au vent. En tourbillon, Dimitri, Lenara et Donera croisent des conversations, des rires et quelques délires que Zolotov n'écoute plus, bien trempé de vodka, bien aspiré par ce fécond brouillard, la route et l'attaque d'une soudaine fatigue. Sur sa droite, dans le pré, de faméliques vaches broutent ferme. Puis le champ disparaît. Le brouillard est si dense qu'il s'immisce à l'intérieur de la voiture. Au point où Zolotov ne voit plus la route ni même les trois occupants de la Volga, passagers d'un trou noir dont les rires s'éteignent. Ce brouillard est désormais d'un noir pur. Impossible de maîtriser le corps d'un tel brouillard, ici bien employé à servir de voile au destin.

Le brouillard noir.

L'interruption temporelle.

La renaissance de la lumière.

Le brouillard dissipé.

Zolotov voit de nouveau. Il est debout, sur la route. Bien détrempé. Ses vêtements sont lourds. Il titube, le regard crispé en raison du cru soleil. Un assourdissant silence sile dans ses parois auditives, un silence d'impact qui se répercute dans son cerveau. Son corps exerce une semi-rotation (gauche-droite), puis une autre (droite-gauche), ses jambes font cinq pas, il s'immobilise, exerce ensuite deux rotations complètes (360 degrés), en parfait état de tétanie.

« Où suis-je ? » Comme si Ivan Zolotov venait de naître, là en bordure de cette route longeant le plus grand fleuve d'Europe, à 23 ans, debout, détrempé, poisseux, seul entre champ et feuillus, incapable de s'agripper au cours sinueux des souvenirs. La route. La Volga. Dimitri, Lenara, Donera. « Où sont-ils ? » Zolotov amorce de nouveaux pas, s'immobilise à nouveau, fixe sa main droite ensanglantée, porte cette main à son front, y ramène à sa vue une main encore plus ensanglantée.

Zolotov se laisse tomber sur le talus sauvage de la chaussée. Ahuri, il observe le passage des véhicules. Les souvenirs émergent : Dimitri, Lenara, Donera. La route, la vodka, les Cosmos. Les rires, le pré, les vaches. La fatigue et ce noir brouillard. Zolotov se rejoue la séquence constituant une boucle redémarrant chaque fois à l'apparition de la sombre vapeur opaque.

Durant ces minutes de silence d'impact, Zolotov recompose la scène antérieure non plus en fonction du passé (la plongée dans un trou noir), mais du présent (Zolotov sur la chaussée, les vêtements complètement mouillés). À travers ses songes vaporeux, il assiste au braillement d'un cortège de véhicules charriant à vive allure une cohorte de policiers et d'ambulanciers roulant fébriles en direction du prochain virage.

Zolotov exerce une rotation de la tête. Derrière une grappe de feuillus ondulant de brise légère, il distingue en taches aléatoires les reflets argentés de la Volga (plus grand fleuve d'Europe). Il tâte ses vêtements dégoulinants, exerce une rotation gauche-droite de la tête, cette fois en direction de la route.

Il devine alors qu'au bout du virage situé à 200 mètres, policiers et ambulanciers coagulent un événement. Il expose alors sa main ensanglantée à son regard, l'abaisse, jette à nouveau un regard en direction des forces de l'ordre et de l'aide. « Je suis l'événement. » Zolotov se lève et marche vers son destin.

Court interrogatoire en plein air : « Ivan Zolotov. » « Historien. » « 23 ans. » « Pique-niquer. » « Dimitri Mazunov. » « Lenara et Donera Tchoutchoumacheva. » « Oui, des sœurs. » « Je ne sais pas. » « Gorki. » « Mon père. » « Sous-secrétaire général chez GAZ. » « Métallurgie. » « Je ne sais pas. » « Peut-être, oui. » « Un brouillard noir. »

Zolotov grelotte, toujours entouré d'agents, chacun à la recherche de la posture idéale pour à la fois démontrer leur compassion, leur fermeté, leur sens de l'interrogation et chez certains moins tempérés, leur sens de l'exclamation.

Devant lui, allongé sur une civière, un corps. Zolotov tente alors de reconstituer ce visage caché derrière un masque de chair vive et tuméfiée. « Elle respire encore », entend dire Zolotov. « Le gars dit qu'il y aurait deux autres personnes ! Doivent être dans la Volga ! Appelez les plongeurs ! »

Zolotov faiblit, s'agrippe à la civière, se retrouve nez à nez avec ce corps au masque de chair, reconnaît les yeux verts de Lenara. À bout d'épuisement, il s'affale sur elle.

Lorsque Zolotov reprend connaissance, il est dans un lit. Sur sa droite, allongée dans un autre lit, Lenara Tchoutchoumacheva. Elle fixe sans relâche et en silence, durant plusieurs minutes, le regard éteint de Zolotov.

Elle amorce un murmure : «Tu ne te souviens de rien, Ivan?»

Le frais diplômé de 48 heures exerce deux quarts de rotations gauche-droite de la tête. Non, de rien. Une fenêtre, trop de lumière, odeur de javellisant, chambre d'hôpital. «La Volga de ton père est tombée dans la Volga, Ivan. Tu m'entends? Tu m'entends? Donera et Dimitri sont morts. Et nous devons tous mentir en prétendant que c'est Dimitri qui conduisait. Tu imagines, Ivan? Tu as tué et maintenant nous devons mentir... Quelle chance tu as de ne pas te rappeler! D'être pour toujours soustrait à ces images... La série de coups de volant. La voiture qui sort de la route et qui défonce le parapet, qui fracasse un arbre et s'engloutit dans le fleuve... Tu as réussi à sortir par la fenêtre puis comme un dément, tu as tout fait pour me sortir de l'eau.» Lenara Tchoutchoumacheva prend une pause, à bout de force. Puis noie de nouveau son regard dans celui de Zolotov : «Tu aurais mieux fait de me laisser au fond, avec Donera et Dimitri. Je ne serais plus ici pour t'en vouloir, si profondément et pour tout ce qui me reste désormais de vie.»

Zolotov sent une légère pression à son poignet gauche, se retourne. Sa mère est entrée discrètement dans la pièce. Derrière elle, appuyé au cadre de la fenêtre, son père, le regard vide, fixe l'extérieur de la chambre d'hôpital, vers un dehors d'où jaillit un effet de soleil trop puissant, entrelacé dans les feuillus au vent, verts, sombres ou radiants. Posté dans cette sombre découpe en contre-jour, son père catapulte ses pensées brouillonnes dans l'horizon de Gorki, ancre sa vue plongeante dans le banal quotidien prévalant à l'extérieur du bâtiment, considère au lointain les cheminées des usines GAZ et AGROGORKI, le sommet de la Terreur de Gorki et tout au bout du regard, le lointain profil des grandioses pylônes électriques hyperboloïdes conçus par Choukhov.

Dans son lit, Zolotov ne sait plus ce que l'avenir lui réserve. « Ni ce soir. Ni demain. Ni dans 20 ans. Ni plus jamais... », pense-t-il faiblement.

Deux certitudes émanent de ses réflexions. Tout d'abord, il cessera désormais de croire à l'équilibre de la justice universelle : « Trop risqué. » Aussi, il se préservera toujours de démontrer sa capacité à lire au-delà du masque des convenances, masque ici porté par son père. Parce que Zolotov comprend combien ce père, ici émetteur d'un silence suraigu, transperçant, acteur au cœur de ces si lourds et si pénibles moments, combien viscéralement ses pensées sont d'abord immergées par la perte de sa Volga M22 à moteur Perkins.

Zolotov séjournera sept semaines à l'hôpital. À sa sortie, quelques mois de réclusion couplés à l'énergie d'une vengeance à commettre lui permettront d'ébrécher les murs de sa misère. Parce que porter en lui la honte et la vengeance plutôt que l'énergie de la mort de Dimitri Mazunov et de Donera Tchoutchoumacheva, constituera toujours, aux yeux et au cœur de Zolotov, un bien moindre mal.

AGROGORKI

Trois heures du matin. Zolotov marche sur une enfilade de trottoirs garnis de quelques centimètres d'une neige lourde, sorte d'épaisse gélatine tapissant de blanc tout ce qui est normalement noir, gris ou brun. Il marche, il l'ignore encore, sur la dernière bordée de neige de ce début de printemps 1963. Il marche, plutôt il erre, toujours dans ce même brouillard dont il ne parvient pas à s'extirper depuis la tragédie dans la Volga. Brouillard d'où surgissent parfois en trombe deux phares ravageurs braqués sur chaque moitié de son âme : d'une part le regard rude et agité de Lenara Tchoutchoumacheva, à qui Zolotov a volé la jeunesse, la beauté, la légèreté. D'autre part le souvenir de Dimitri Mazunov et de Donera Tchoutchoumacheva, couple formé en pénétrant la mort et les eaux crevées de la Volga.

Zolotov marche ainsi depuis près de deux heures, traçant de son ombre furtive le dessin de son passage nocturne sur les murs de Gorki, ombre peinte en mouvance à la lueur délavée de lampadaires fatigués. Quelques voitures pointillent le temps, alors qu'à cette heure où tout sommeille, il est possible, comme le constate maintenant Zolotov, de distinguer au loin le souffle incessant de l'immense poumon de la ville : le sourd bourdonnement du plus grand objet de fierté de l'oblast de Gorki, phare emblématique du seul et véritable ciment de tout le vaste territoire, d'une bonne partie de l'Union des républiques socialistes soviétiques et donc du monde, soit la cheminée bien active, de jour comme de nuit, de l'usine GAZ.

Cette usine n'est certes pas la seule de l'oblast, tant s'en faut. À titre d'exemple, AGROGORKI, usine de transformation des viandes de Gorki. Usine n'ayant jamais tourné à plein régime depuis sa fondation en 1952, à savoir qu'elle n'a jamais franchi plus de 5 % de ses capacités d'exploitation. Tout le monde le sait, tout le monde le tait, surtout en 1963, époque où l'Union des républiques socialistes soviétiques est un immense théâtre à l'intérieur duquel, tour à tour entre scènes et rangées, chaque habitant alterne sans relâche entre son statut de spectateur et de comédien, sur le qui-vive, bien alerte et bien actif pour ne rien perdre de l'action de cette pièce improvisée, chorégraphiée par un maître dans l'art d'en rajouter sans répit dans l'absurde et le grotesque, question d'être bien pris au sérieux. Un metteur en scène à la recherche de vastes ovations.

Donc en 1963, l'usine de transformation des viandes tourne à plein régime, c'est-à-dire à 5 % de ses capacités. La raison principale est l'absence de viande à transformer.

Comme quoi « ce n'est pas uniquement en construisant une usine de transformation des viandes que ça va nous faire apparaître la viande », pense la majorité des habitants de Gorki (ancienne et future Nijni Novgorod), constat encore plus tenace chez ceux œuvrant à l'intérieur de l'imposant bâtiment, coquille vide et mal chauffée, plus vaste qu'un hangar à avions, cathédrale de tôle et d'acier dont la devanture est ornée d'une combinaison de neuf lettres de douze mètres de hauteur, lettres dont l'enfilade horizontale constitue le mot АГРОГОРКИ, c'est donc à dire AGROGORKI.

Toujours en pensées, « qu'encore une chance que nos pensées ne sont toujours pas sur écoute », plusieurs osent composer, déjà en 1952, année d'inauguration d'AGROGORKI, des phrases du genre : « Donc en toute logique, le camarade Staline réquisitionne des ressources humaines et matérielles pour construire des usines de transformation des viandes, alors que la viande est introuvable, puis il affecte des centaines d'ouvriers de boucherie industrielle dûment formés, sur trois quarts de travail, essentiellement pour y simuler quelconque ouvrage. »

Le point culminant de ces pensées individuelles (toujours pensées, jamais prononcées) fut d'ailleurs le 29 mai 1952, c'est-à-dire pile au jour de l'inauguration officielle d'AGROGORKI par le camarade Joseph Staline en personne.

Tout en marchant dans Gorki, en direction d'AGROGORKI, Zolotov se rejoue la scène de cette inauguration à laquelle il avait assisté 11 années plus tôt. Immense foule respectueuse de corps, craintive et plaintive d'esprit (mais l'ignorant), foule nourrie d'optimisme puisque plus rien ne sera jamais pire que la guerre. Pire que ces famines mortelles à coups de millions de morts, résultat de plans improbables élaborés par des enfants paranoïdes perdus dans le corps de maîtres théoriciens, d'orateurs caractériels, à qui un peuple déjà trop miséreux pour ne pas prendre le risque de risquer, avait confié, à l'appel de spéculatifs slogans, un cadeau précieux : le plus grand pays du monde, muni de tous les équipements en option : éducation, culture, justice, finances, science, transport, usines, énergie, complexe militaire, agriculture. Ne restait qu'à s'emparer des esprits, puis à redistribuer équitablement d'immenses et somptueuses parcelles de rien.

L'inauguration d'AGROGORKI par Staline en 1952 avait créé un sentiment d'entière exultation chez le père de Zolotov. Père bien souriant, de retour chez lui après avoir assisté à l'événement du millénaire : « Moi et le gamin avons vu Staline ! » s'était-il exclamé durant une semaine, fort d'une fébrilité totale. « Nous étions loin ! Mais nous l'avons vu ! »

Ce que le père de Zolotov et son jeune gamin de Zolotov ont vu, même de loin, c'est cette scène historique, ce moment exact où Staline, ciseaux aux doigts, coupe le ruban officiel déployé sous l'immense panneau affichant bien visibles à l'entrée de l'usine les lettres AGROGORKI.

Cette scène légendaire constitue l'une des rares apparitions publiques du Petit Père des peuples. Elle sera dès le lendemain imprimée et massivement distribuée dans tout l'URSS par *La Pravda* (journal quotidien), dans tous les pays communistes, puis quelques semaines plus tard, l'image sera déployée sur une immense bannière, haute de trois étages et visible dès l'entrée de l'usine. Cette photo nous montre Staline, ciseaux en main, yeux moqueurs, mince sourire derrière une moustache de grand-père bienveillant. Les deux lames du ciseau (celle au-dessus et celle au-dessous du ruban inaugural) s'apprêtent à se rencontrer. CLIC ! a fait le photographe, puis CLAC ! a fait le ciseau de Staline coupant sec le ruban, scène suivie d'une salve de tonnerres d'applaudissements bien nourris.

AGROGORKI était donc, depuis cette stalinienne inauguration en 1952, une usine où des milliers de travailleurs allaient fumer, jouer aux cartes ou aux échecs, affectant par habitude un regard en direction des quais de réception et d'expédition, adoptant des postures d'enthousiaste attente d'hypothétique cargaison d'animaux morts.

Livraisons en effet hypothétiques, comme l'illustrent en 2004 deux spécialistes interrogés pour *Les années AGROGORKI*, documentaire télédiffusé sur la DR2 danoise où Michael Maze et Finn Tugwell expliquent que durant toute la période d'activité de l'usine, de 1952 à 1991, seulement 15 grammes par kilo d'animal tué atteignaient au final le fond du sac à provisions de la population. Tout le reste, soit 885 grammes par kilo, était peu à peu décharné puis dévié de sa trajectoire initiale en cours de route.

Ainsi, dans un exercice peu subtil, des milliers de travailleurs impliqués dans la chaîne de production et de distribution se conservaient un petit butin de chair animale. L'éleveur de poulet se dissimulait de temps à autre un volatile encore vivant. Puis le livreur de poulets se gardait quelques cages, s'appliquant à reformuler des formulaires. Les plus audacieux allaient jusqu'à orchestrer des accidents dans lesquels ils racontaient avoir vu s'échapper en pleine nature bœufs, moutons, chèvres ou dindes, animaux plutôt kidnappés par des complices, reconnus comme d'habiles et fins détourneurs de cargaison.

À l'abattoir, les employés s'en gardaient des petits bouts après l'abattage, à l'insu de la direction. La direction, elle, se faisait garder quelques petits bouts en profitant de la complicité d'employés en quête de nouveaux échelons sur lesquels prendre appui pour contempler d'un peu plus haut la misère. Des camionneurs, cette fois ceux effectuant

la navette entre l'abattoir et l'usine de transformation (AGROGORKI), avaient tout autant l'occasion de s'en conserver quelques
autres petits bouts.

Si bien que les très rares camions
presque vides franchissant le portail de
l'immense enceinte surplombée en format
géant des lettres AGROGORKI, livraient
seulement 10 % de la marchandise animale
prévue et consignée dans le programme de
distribution approuvé dans le plan quin-
quennal de Moscou en 1947, plan où il est
noté qu'AGROGORKI deviendrait le moteur
alimentaire de toute la zone ceinturant Gorki,
dans un rayon de 200 kilomètres. Plan où
il est également formulé qu'AGROGORKI
servirait d'outil de référence nationale pour
démontrer l'efficience technique de nouveaux et rigoureux mécanismes de production, organisés à l'aide de diagrammes et de
savants processus, bien modernes et bien
scientifiques.

Du 10 % de viande restant du kilo initia-
lement abattu qui franchissait le portail
d'AGROGORKI, seul 50 % en ressortait par
ce même portail, la balance étant fractionnée
entre employés-camarades et camarades-
membres de la direction, mais aussi entre
les inspecteurs et les surveillants d'inspec-
tion, passagers de tête de ce convoi perpétuel,
sans parler des camionneurs livrant cette
balance depuis AGROGORKI jusqu'aux différents marchés d'État, là où la direction et

les employés allaient aussi s'en prendre quelques petits bouts. Si bien qu'à l'extrême de la chaîne, on arrivait à ce 15 grammes par kilo (0,015 %). Quinze grammes constitués des pires bouts, maigrement distribués aux centaines de milliers de mères faisant la queue chaque mardi, durant cinq ou six heures, avant de repartir lestées d'un paquet d'os entourés d'un quasi-souvenir d'une viande à peine suffisante pour y confectionner le rêve d'une soupe claire.

En 1963, contrairement à AGROGORKI, les domaines du militaire et de l'aérospatial fonctionnent à plein régime au sein de l'Union. Chez GAZ aussi ça roule, même si l'on consigne d'inexplicables fugues de pièces de voitures neuves, parfois directement extraites de la chaîne de montage, expliquant en partie certaines situations embarrassantes chez les automobilistes et la totale déprime dans l'âme gonflée à bloc par les puissants sentiments de fierté en perpétuelle ébullition coulant à l'intérieur du torse bien bombé du père de Zolotov.

En cette nuit du printemps 1963, le diplômé en histoire Ivan Zolotov marche donc dans Gorki, harcelé par le souvenir de ses amis morts pour inconduite, coulés dans le brouillard et la vodka. Il borde les murs, enfilant son ombre en direction d'AGROGORKI, précisément dans l'objectif de se procurer de la viande, là où il en reste encore des petits bouts autour de l'os.

« Rien de vraiment illégal », selon Zolotov, que d'aller se flanquer en pleine nuit du côté ouest du bâtiment alimentaire afin de se livrer au marchandage entre roubles et viande.

Il est donc dit que Zolotov, 24 ans, en excursion nocturne, rase discrètement les murs de Gorki, cache-nez relevé, ouchanka vissé profond sur la tête. Ses parents sont à l'extérieur de la ville pour 48 heures, partis dans la datcha des camarades Stanislav Gomozkov et Yana Noskova. Zolotov marche en direction d'AGROGORKI, exécutant la première étape d'un plan de vengeance, amorce de l'interprétation d'une partition longuement cogitée et bien mémorisée.

Il progresse ainsi sur la bien nommée Perspective Lénine, longue de plusieurs kilomètres et dont l'extrémité mène tout droit au portail où de nuit s'affiche en lettres lumineuses *AG OGO KI*. Zolotov y arrive sans encombre, même si Gorki est à l'époque une ville fermée, bloquée à tout étranger, truffée de micros, emmurée de secrets. Malgré la grisaille de cette réalité, il n'y a pas de couvre-feu. Ce qui permet donc à Zolotov de marcher discret vers l'atteinte favorable de son objectif.

À la faveur d'une petite allocation hebdomadaire, Zolotov empile les roubles depuis près de cinq mois. Cinq mois enfermé dans sa chambre, à ruminer la mort puis la vengeance. Petit à petit, rouble par rouble, au rythme de l'idée qui germera dans son esprit,

à vitesse croissante depuis quelques semaines, même que parfois trop intensément
pour ce cœur généralement contenu.

Le jeune diplômé en histoire soviétique
ne connaît pas Inna Kovalenko, ouvrière de
solide carrure, aux yeux si scintillants qu'on
les dirait abriter l'univers. Ladite ouvrière
Inna Kovalenko, glisse à travers le grillage
encadrant AGROGORKI deux paquets de
viande, bien enveloppée de papier journal
(*La Pravda*). Zolotov glisse à travers ce
même grillage deux bouteilles de vodka,
sept paquets de Cosmos (Kocmoc) et un
petit empilage de roubles. « Ça m'a coûté
une fortune », évalue Zolotov sur le chemin
du retour, les épaules appesanties de ces dix
kilos de viandasse, mais allégées du poids
d'avoir franchi la première étape de sa
« planification stratégique destinée à enrayer
le Mal, même si c'est trop cher payé oui !
Quoiqu'à tout considérer, probablement pas
si cher que ça ! »

Le Mal a pour nom Margaryta Pesotska,
« une délurée autant qu'une délirante
Ukrainienne ! Et de Kiev ! », selon un Zolotov
qui, depuis des mois de réclusion et de rumi-
nation, voue pour cette femme un véritable
culte de haine et de détestation. « Cette dé-
mone inintelligente est trop jeune et trop
belle, qu'à force de ruses, de pelletées d'inventions et de subterfuges, elle a gravi en seulement quelques années tous les échelons
menant au sommet de la faculté d'histoire
de l'Université pédagogique d'État de Gorki.

Cette sorcière me bloque ! Et c'est parce qu'elle me croit incapable ! »

Depuis l'accident de la Volga (voiture fleuron de GAZ) dans la Volga (fleuve mythique), terrifiante équipée ayant mené à la mort de son ami Dimitri dit « la bombe atomique » et de Donera Tchoutchoumacheva, moins belle des deux sœurs Tchoutchoumacheva – l'autre étant Lenara qui, avant l'accident, était qualifiée par Zolotov de « beauté totale, aux courbes, aux lignes et aux perspectives encore plus harmonieuses que celles des pylônes électriques hyperboloïdes constituant les tours de Choukhov », Zolotov s'était cloîtré.

D'abord dans la chambre de l'hôpital, durant sept semaines à souffrir de la vue de la vie morte reflétée dans le miroir éclaté de Lenara Tchoutchoumacheva, jeune femme défigurée dont l'esprit vacille alors entre rage et fragilité, meurtre ou suicide. Zolotov s'était ensuite volontairement reclus dans la chambre familiale, murs à l'intérieur desquels « on voit enfin le vrai visage de ce petit fainéant de ton fils qui reste enfermé de jour comme de soir ! Pareil à une jeune femme qui cherche à se défiler d'un mariage forcé avec un Ouzbek grabataire ! Faut aller de l'avant, ou alors la vie, c'est pas pour les mauviettes ! Non, mais ! », avait un matin commenté son père, donnant à répétition du poing sur la table.

Depuis sa sortie de l'hôpital, Zolotov laissait pousser sa barbe pour masquer les traits de chair cicatrisée à hauteur de menton, à défaut de cacher les cicatrices de ses pensées. Ermite toujours reclus, même cinq mois après l'accident et l'obtention de son diplôme d'historien, accompagné de la Grande mention d'excellence pour son mémoire. Grande mention décernée chaque année à un seul étudiant de la faculté. Grande mention devenant un passeport vers un poste de professeur et le début d'une remarquable montée vers les sphères privilégiées de l'Empire, comme celle de posséder plus rapidement que d'autres un logis fort convenable sinon luxueux, du moins en comparaison de certains abris à humains qui, même jusqu'en 1990 à Gorki, proposent encore au fond de la cour des espaces dédiés à l'éjection des déjections.

Ayant repris un certain tonus physique et mental après sa sortie de l'hôpital, Zolotov s'était levé de beau matin, prêt à monter vers son destin, soit celui, « simple formalité », de se rendre à la faculté, d'obtenir une brève rencontre avec la responsable du département, Margaryta Pesotska, puis de ressortir de l'immeuble universitaire, fraîchement admis à titre de professeur titulaire, premier échelon vers de si grandes choses.

« Mais ce poison de Margaryta Pesotska » ne l'entendit pas ainsi. Dans son bureau, le regard empêtré derrière ses lunettes, elle refuse alors la demande de charge de cours à un Zolotov qui se brise à vue d'œil. Il a beau lui brandir sa Grande mention d'excellence, il a beau soulever à hauteur de ciel sa thèse *Voyages des ambassadeurs de Novgorod aux XVIe et XVIIe siècles*, ouvrage pourtant déjà estimé au sein des archivistes de l'Académie des sciences, de la Direction générale des archives et même de l'Institut Marx-Engels-Lénine, il a beau relater la grande tradition prévalant à l'université depuis la fondation d'icelle, rien n'y fait. C'est non.

– Niet ! (Non !), camarade Zolotov. Je ne vous sens pas prêt. Votre accident vous a rendu agité. Regardez, ici même vous vous agitez. Rien de personnel, vous savez. Seulement... seulement, j'évalue qu'un caractère instable tel que le vôtre aura un impact non seulement négatif auprès de nos camarades étudiants, mais surtout, au sein de toute la faculté et probablement, à terme, de la direction de l'université.

– Agité ?! Agité ?! Bien sûr que je suis agité ! Vous me refusez ce à quoi j'aspire et me prépare depuis dix ans ! Ce à quoi j'ai droit ! Je viens de passer deux mois à l'hôpital ! En plein choc nerveux, oui, mais bien préparé à venir chercher ce qui de tout temps s'est avéré une formalité et vous, vous me refusez ma charge de cours ? Vous ! Oui, vous ! Vous me la refusez !?

– Cher Ivan, ne prenez pas tout ça personnel, je ne juge pas l'homme, mais bien l'arrimage entre l'homme que vous êtes aujourd'hui et une fonction qui...

— Arrimage ?! Vous voulez que j'arrime mes doigts en forme de poing et que j'arrime ce poing en direction de votre nez ?

Appelés en renfort par des professeurs soucieux de la santé prochaine de Margaryta Pesotska, un gardien, bientôt suivi d'un deuxième, remorquent un Zolotov hurlant dans les couloirs de la faculté. Au passage d'Ivan Zolotov dans ces couloirs consacrés au savoir et bardés de portes ouvertes sur des classes remplies d'étudiants, chaque élève a le loisir de bien entendre résonner les échos de l'historien converti en hystérique : «Un arrimage! Ah! Et toi, chipie? Tu as eu droit à quel type d'arrimage pour présider une faculté d'histoire dont tu ne connais rien de l'histoire ?»

Quelques minutes plus tard, alors que Zolotov se trouve désormais en situation de vol plané au-dessus du sol bétonné sis au pied des marches de l'entrée principale de la faculté, voltige forte d'un solide silence d'impact anticipé, l'université au grand complet entend alors un Zolotov rugir son dernier mot de la journée, ici comme pire que tout : « Ukrainieeeeeeeeeenne ! »

Étendu sur le dos, affalé sur le pavé pavant la façade de la faculté, le corps et l'esprit fracassés, Zolotov a la rétine brûlée par les pastilles de soleil filtrant entre les branches houleuses, les paumes râpées d'avoir tenté de freiner sa chute après s'être fait jeter à la rue par les gardiens. Les deux roues du flanc droit d'une VAZ vrombissante complètent alors la scène, roues exerçant une série de mouvements rotatifs pile sur une flaque d'eau, reliquat d'une pluie récente, flaque dont la moitié du contenu se vide par effet de propulsion des roues, produisant alors un jet d'eau dont l'hyperbole de la courbe achève son trajet directement sur le visage et les vêtements d'un historien désormais sans avenir.

C'est ainsi que blessé dans son orgueil, Zolotov traverse, le nez pointé vers le sol et les talons bien claquants, l'appartement de ses parents. Ouvre la porte de sa chambre et s'y enferme. Trois mois.

À cumuler des roubles et à ruminer des pensées négatives de vengeance.

Exception faite de quelques sorties obligatoires, essentiellement d'ordre alimentaire et sanitaire, ces trois mois sont essentiellement jonchés de honte et de hargne. D'autant plus que cette Margaryta Pesotska habite l'immeuble tout juste en face. Zolotov ne veut ni la voir ni risquer de la croiser. « Même de loin ! », pense-t-il. « Même, de très loin. »

Durant cette période, Zolotov père est plutôt anéanti : la mort de sa Volga diesel à moteur Perkins, les morts noyés, puis ce coup de théâtre provenant de la faculté. Sa mère aime toujours sans retenue ce fils unique. Elle lui passe donc en douce des gâteries, assure tout le ménage et se soumet avec passion aux commandes frénétiques de livres que Zolotov lui transmet en glissant des messages sous la porte.

Les premières semaines de réclusion, Zolotov se sent méprisable, se rejouant la même scène : le bureau de la faculté, cette expulsion tragique et le rejet physique de son alma mater, nourrice de son esprit. Chose connue et probablement prouvée au plan statistique : le temps fait tout de même son œuvre.

Amer, puis colérique, puis enragé, puis enveloppé d'un esprit de vengeance, sentiment qu'il ignore posséder jusqu'alors et à l'intérieur duquel il se vautre désormais comme un chaton ronronnant au creux du ventre de sa mère, Zolotov élabore son plan. Plan destiné à une seule et unique mission : « assister à la débâcle totale de cette Margaryta Pesotska ». Idéalement, la voir quitter Gorki dans la misère, assuré « de ne jamais plus la voir reparaître dans le voisinage ». Puis au final, une fois le plan accompli, reconquérir ses droits à la faculté.

Au cours de cette période de trois mois, bien qu'ignorant les raisons de cette nouvelle correspondance, la mère de Zolotov s'est vu attribuer le rôle de messagère entre son fils et Oksana Fadeyeva, ancienne camarade de classe d'Ivan Zolotov, mais surtout, ce que sa mère ignore, responsable, à seulement 24 ans, du Secrétariat des communications internes au Service des expéditions de la mythologique AGROGORKI. Par les sourires et les regards entendus de sa mère, Zolotov comprend qu'elle imagine un flirt épistolaire entre son « si bon fils et cette charmante Oksana », scénario idéal pour un Zolotov qui ne fait rien pour tracer net les véritables contours de l'illusion maternelle.

En réalité, cette correspondance est liée à l'acquisition par Zolotov de dix kilos de viande « et que je sois bien clair, camarade Oksana, une viande dont la qualité m'importe moins que la quantité. »

Tracasseries passées, premier paiement effectué d'avance dans l'enveloppe d'une autre correspondance et voilà, quelques autres semaines plus tard, notre homme de retour d'AGROGORKI, sur le trottoir en pleine nuit, après une transaction rondement menée. À l'épaule de Zolotov, les dix kilos de viande.

Le voilà de retour dans l'appartement familial, toujours bien rangé, toujours bien vide de ses parents partis en week-end. De sommeil léger, Ivan Zolotov parcourt dans son cerveau allumé le diagramme, l'architecture et l'arborescence des prochaines étapes menant à l'aboutissement de son plan.

Ayant à peine fermé l'œil, c'est dans un état corrosif qu'Ivan Zolotov assiste à l'arrivée de l'aurore, lueur rosée perçant la nuit tranquille de ce 25 mai 1963. À Addis-Abeba, ce même jour sonnera la création de l'Organisation de l'unité africaine. Ce que Zolotov ignore totalement. Vêtu de sombre, mais lumineusement volontaire, il sort de chez lui, traverse la rue et pénètre dans l'immeuble d'en face, celui habité par « cette sordide

Ukrainienne de Margaryta Pesotska ». Zolotov transporte un arrache-clou enveloppé dans une nappe offerte par tante Anna, fière résidente d'Engels, altitude 20 mètres, « ce bled totalement perdu », aux dires de Zolotov.

À son épaule, Zolotov porte également une poche de rude toile à l'intérieur de laquelle s'empilent divers outils : pic, marteau, journal, plâtre, colle, grillage, spatule, papier verré. Toujours dans cette poche de toile, 10 kilos de viande.

L'immeuble dort encore à cette heure, surtout un samedi matin. Margaryta Pesotska dort aussi. Zolotov est pourtant assuré de ne pas la réveiller en arrivant au deuxième étage, devant la porte du logement de l'Ukrainienne. Il rive donc la barre de métal dans le cadre face à la poignée, prend appui en diagonale, tire et SCHLACK !, la porte s'ouvre de force en émettant un sourd son, camouflé par la nappe de tante Anna. Margaryta Pesotska n'entend rien, bien qu'allongée d'aise sur le canapé, celui de sa grand-mère à qui elle rend visite chaque vendredi, grand-mère résidant à 48 kilomètres du théâtre de cette entrée matinale par effraction.

Zolotov se dirige vers la cuisine. Extraire le massif four d'acier de sa niche n'est pas une mince affaire. Mais Zolotov y parvient. Il prend bien son temps, le risque n'étant pas « de se faire voir, mais surtout, de se faire entendre ». Percer un trou dans le mur sur lequel s'adosse normalement le four n'est pas si simple, toujours en raison de ce « satané bruit ». Côté isolation sonore, au début des années soixante, les immeubles soviétiques en sont dépourvus. Heureusement, la nappe agit encore ici comme une sourdine, comprimant les légers coups de marteau sur la tête du pic de fer qui peu à peu égrène le mur.

Une fois le trou dans le mur jugé d'un rayon respectable, Zolotov prend un verre d'eau, le boit, observe le trou, fait soigneusement sécher le verre d'eau, qu'il replace dans l'armoire. De sa besace, il extrait les dix kilos de viande qu'il dépose, morceau par morceau, dans le trou du mur. On le croirait ainsi nourrir la bouche ouverte d'un oisillon qui en redemande. Jusqu'à dix kilos, incluant les os.

Comme Zolotov se l'était imaginé, les morceaux de viande tombent derrière le mur, dans les viscères noirs et impénétrables de la cloison. En plus de ces dix kilos soigneusement déposés, Zolotov fait une boule avec le sac contenant jadis la viandasse, le jette dans le trou, puis commence à boucher la béance avec un exemplaire chiffonné de *La Pravda* du 3 avril 1963, exemplaire sur lequel on peut voir une photo noir et blanc du satellite Luna 4. Zolotov cachète ensuite le trou d'un grillage, prépare sa petite recette de pâte à plâtre, puis scelle le trou empli de viande avec la spatule.

Zolotov attend une heure afin d'assurer la qualité de séchage du plâtre. Il n'est pas nerveux. Il veut faire propre. Il amasse et replace tous les signes et détails pouvant trahir sa présence. Il se dirige vers le rayon bibliothèque, trésor de littérature pour un Zolotov certes frustré, mais toujours passionné d'histoire. Il lit un peu, sommeille en prenant bien soin de ne pas s'endormir. Puis, il active doucement, en petits mouvements circulaires, la rotation du papier verré contre le mur, de manière à égaliser les aspérités du plâtre séché, effaçant ainsi toutes traces de son passage. Il ajoute un peu de peinture pour couvrir toute possibilité de savoir que ce mur vient de subir une précise chirurgie signée Ivan Zolotov. Puis, toujours armé de cette précaution maladive, il repousse doucement le four contre le mur. « Ni vu, ni connu. »

Il prend ensuite pas moins de 45 autres minutes pour s'assurer que « tout est bien ventilé, nettoyé et à sa place » et que « j'espère n'avoir rien oublié. »

En refermant la porte, légèrement ébréchée « mais rien de majeur », Zolotov entend sa propre voix dans sa tête : « Arrimage ! Un arrimage ! Entre un homme et une fonction ! Ah ! Et toi, chipie ? Tu as eu droit à quel type d'arrimage pour présider une faculté dont tu ne connais pas même l'histoire ? »

Satisfait, il rentre chez lui, regagne sa chambre, range l'attirail sous son lit, s'endort.

Trois semaines ont passé depuis l'injection viandeuse orchestrée par Zolotov dans les entrailles du mur de la cuisine de Margaryta Pesotska. Les souffles de l'hiver se prolongent un peu plus qu'à leur habitude à Gorki. Le froid surtout. Si bien que le printemps n'est plus qu'une date théorique au calendrier des extrêmes.

Puis fin mai, boom! La chaleur éclate comme la rage, déterminée à rattraper le temps perdu. Chaud. Solidement. D'un coup. Dans l'après-midi du 24 mai 1963, Zolotov toujours cloîtré dans sa chambre et ses pensées, reçoit une enveloppe glissée sous la porte par sa mère. Zolotov reconnaît les couleurs de la faculté. Il ouvre, lit, est convoqué en zone ennemie. Ivan Zolotov s'habille et fonce.

– Je me réjouis que tu aies accepté mon invitation, camarade Ivan.

– Ai-je bien le choix, camarade Margaryta? Je me destine depuis toujours au même objectif. Je suis donc contraint de saisir toutes les occasions d'entendre la voix et d'observer le regard de celle qui m'empêche de me propulser en orbite dans les salles de cours abritant les nouvelles cohortes d'étudiants, étudiants qui comme moi ne doivent rien comprendre des raisons de votre refus de m'y voir enseigner. Soyez sans crainte camarade Margaryta, je préfère garder pour moi ces raisons, j'ai mon orgueil et je préfère taire que cette décision vient uniquement de vous, puisque toute tentative d'explication ou d'humiliation à votre égard ne servirait qu'à faire la démonstration par l'absurde de la portée de votre pouvoir et de la manière dont vous l'utilisez, et ce, au détriment de la raison et au préjudice de la tradition. Alors non, soyez sans crainte, camarade Margaryta, je ne vous ferai ni ce plaisir ni cet honneur.

– Ivan, j'ai quelque chose à te dire...

De retour en direction de l'appartement familial, Zolotov marche sous un soleil de fin de journée, un soleil qui plombe dru, cru, pur et sec. Sous ces chauds rayons, le jeune historien rumine encore, le nez pointé vers le sol. Mains dans les poches. Oui, il va même jusqu'à balancer des cailloux au loin en les propulsant de la pointe de ses souliers.

Il repense à cette rencontre dans le bureau de Margaryta Pesotska : « Ivan, j'ai quelque chose à te dire... Je sais que ton ami Dimitri n'était pas le plus pur des anges, Ivan, mais lui et moi entretenions une relation sincère, bien que très discrète, depuis près de trois ans. Je l'aimais et je sais aussi qu'il m'aimait. Beaucoup. Sa mort foudroyante m'a anéantie, Ivan. Te voir chaque jour équivalait à enrichir le vide affligeant laissé par celui que j'aimais. Que j'aime encore ! À imaginer cet horrible accident dans la Volga... Je sais que tu étais au volant, Ivan. Tout le monde le sait, tout le monde feint de croire à ses propres mensonges, affirmant que c'était Dimitri qui conduisait. Que sans égard à la position de ton père chez GAZ, tu serais peut-être derrière les barreaux. Tout est ma faute, Ivan, tu as raison. Durant ces derniers mois, j'ai réfléchi et j'ai finalement compris que Dimitri ne reviendra jamais. Que le destin a probablement favorisé qu'ainsi te voir chaque jour pourrait même faire émerger le bon et doux souvenir de l'amour que lui et moi transportions. Et je sais aussi combien il t'aimait... J'ai menti, je t'ai menti, je me suis menti. Aussi n'ai-je aucune raison véritable, valable ou rationnelle pour refuser ton admission à la faculté. Dès demain, j'ai l'intention de réviser ma décision, prise par pur esprit de vengeance. Aussi puisses-tu m'excuser, cher Ivan. »

Sur le chemin du retour, Zolotov repense aux confidences de cette femme blessée par sa faute, une autre. Arrivé devant la porte de l'immeuble de ses parents, il oblique son regard vers l'entrée de l'immeuble d'en face, celui de Margaryta Pesotska, puis lève la tête en direction du soleil. Il éponge une goutte de sueur sur son front.

Fin juin. Depuis sa rencontre avec Margaryta, du jour au lendemain, Zolotov est transformé. C'est la renaissance : souriant, bien actif au Centre des archives de la faculté, affairé ferme à planifier les prochains cours de la nouvelle session – la plus passionnante, celle de l'été, en raison du contingent d'étudiants étrangers. L'histoire recommence donc à couler dans ses veines, perfusion permanente de savoirs « enrichis chaque jour par la beauté et les horreurs des hommes ».

Absorbé par sa joie, Zolotov n'a même pas remarqué l'absence de Margaryta de la faculté depuis dix jours. Ni remarqué l'incessant va-et-vient dans l'immeuble posté en face de celui de ses parents au cours des dernières semaines : une voiture le premier jour, puis d'autres, puis des camions les jours suivants. Il ignore que Margaryta habite désormais chez sa grand-mère, retraite forcée après avoir été conspuée par tous les occupants de l'immeuble désormais vidé pour cause d'insalubrité.

Zolotov n'a pas non plus remarqué le très bref retour de Margaryta à la faculté (à peine dix minutes), le temps de remettre une lettre de démission destinée au secrétaire de l'Université pédagogique d'État de Gorki. Zolotov ne l'a pas davantage vue entrer chez elle, le temps de subir les railleries, les cris, la parade de doigts et de poings menaçants au moment où le responsable de l'équipe sanitaire lui remettait un masque en la prévenant : « Camarade Pesotska, vous avez dix minutes pour ramasser vos effets essentiels et revenir en vitesse. Faites vite, sinon vous risquez l'asphyxie, d'autant plus que cette saleté d'odeur dont personne ne vient à bout de retracer l'origine est plus présente que jamais à partir de votre logis. »

Hostiles, les locataires évacués, réunis sur le trottoir, pointent sans retenue Margaryta Pesotska. À Gorki, les appartements sont impossibles à trouver. Il s'agit d'une denrée rare, la plus précieuse de toutes. Cet immeuble, à l'intérieur duquel elle pénètre en réprimant des cris et une envie de vomir tellement les odeurs de mort et les parfums de charnier humide ont pris possession des lieux, était de belle catégorie. La femme ressort avec quelques effets de valeur (sentimentale), repoussant du pied quelques rats agiles, désormais uniques propriétaires de l'immeuble. Comme ces rats meurent, s'entredévorent et semblent sortir des murs par effet de surmultiplication, sans parler des insectes et autres bestioles, l'endroit s'est transmuté en insalubre taudis aux mille misères, en moins de temps qu'il en faut pour crier adieu.

« Vache ! Célibataire d'Ukrainienne ! » Voilà comment est accueillie Pesotska à la sortie de l'immeuble par les résidents, repoussés derrière un périmètre de sécurité polymorphe et évolutif. Interpellé par ces manifestations publiques, Zolotov sort la tête de la fenêtre de la cuisine familiale, assiste à la scène en buvant du lait, depuis l'autre côté de la rue. Le temps de croiser le regard de Margaryta Pesotska, de baisser les yeux et de rentrer lire au calme dans sa chambre.

Partie de Kiev cinq jours auparavant, Irina Pesotska fait signe à sa fille chahutée et couverte d'éclatants gestes de mépris de rapidement monter à bord de sa Volga, qui a tenu le coup des 1 800 kilomètres de distance séparant Kiev de Gorki (ex et future

Nijni Novgorod). Les deux femmes se réfugient ensuite dans un petit établissement anonyme pour y prendre le thé. Irina caresse le dessus de la main de sa fille : « Tout ira bien, Garyta. Une fois encore, ton père a déjà organisé les plans pour un poste encore meilleur, qui cette fois t'attend près de nous, à Kiev. »

Quittant Gorki, empruntant la Perspective Lénine (future Perspective Gagarine), Margaryta Pesotska se retourne, les yeux perdus dans les ondulations de la colonne de fumée noire s'élevant sur la ville, à quelques kilomètres en contrebas, elle reconnaît son immeuble, que les autorités ont été contraintes, à bout de ressources et d'explications logiques, de brûler au complet avant de procéder au dynamitage tout aussi complet de ce nauséabond souvenir : BOOM !

Devant elle, au bout de la Perspective Lénine, augmentent au fur et à mesure que progresse la Volga de sa mère, une enfilade de lettres rutilantes au-dessus d'un portail digne des plus imposantes cathédrales industrielles du monde. Neuf lettres chargées d'espoir et d'ambition, chacune exposant ses douze mètres de hauteur en gage de bienvenue, ou comme ici d'adieu, pile au bout de la Perspective qui mènera mère et fille en direction de Kiev. AGROGORKI.

Une chaleur accablante

Union des républiques socialistes soviétiques, 1980. Année où Zolotov, désormais historien et professeur d'histoire, a 40 ans. « J'ai pile 40 ans », dira-t-il d'ailleurs durant la totalité de cette année-là.

C'est l'été et partout en URSS, y compris dans l'appartement de Jeldora Rachmaninova, c'est même le premier jour de l'été. Cette journée se fait d'ailleurs porteuse d'une chaleur accablante. Rien de pire qu'une chaleur qui accable. Surtout qu'en sous-texte, on comprend que le citoyen devient accablé et que cet état d'accablement devient par contagion accablant auprès de chaque citoyen composant la communauté citadine. Une ferme chaleur, donc, porteuse d'un accablement collectif total, chacun croulant sous le poids d'une canicule nappée de pollution bien stagnante.

C'est donc le premier jour de l'été. C'est la canicule, la vraie. Dans l'appartement de Jeldora Rachmaninova, vague impression de pouvoir nager dans l'air, tant l'humidité est compacte. Dans la pièce servant autant de cuisine, de salle à manger que de salon, Zolotov et sa nouvelle flamme boivent en silence du vin moldave bien tiède, s'enfilent au bec quelques Cosmos (Kocmoc). Puis arrive l'heure du transbordement des corps vers la chambre aussi minuscule que le lit la contenant. Chambre sans fenêtre, chambre trop suffocante pour y explorer l'idée de quelconque rapprochement.

Macérant dans cette chaleur accablante, Zolotov peine à dormir. Capitulant devant l'insomnie, il repense à son premier rendez-vous avec Jeldora, trois mois plus tôt, dans un restaurant proposant à peu près de tout, à l'exception des items inscrits au menu. « Non, je n'ai aucun lien de descendance avec le grand Sergueï Rachmaninov », avait répondu Jeldora à un Zolotov auscultant l'historique familial de cette femme si positivement aimante et simple. « Ou si peu », avait-elle ajouté en souriant à propos de son lien potentiel avec le compositeur, appliquant un regard oblique vers le sol, comme si elle suivait des yeux une souris imaginaire en fuite sous la table d'à côté. Des yeux bruns, du rouge très rouge sur les lèvres, « douée d'une authentique timidité et d'une capacité à refléter l'énigmatique en elle et le meilleur de moi », pense alors Zolotov. Jeldora au corps de fil, bellement instruit d'une courbe audacieuse, campée au creux d'un dos assimilable à « un missile à tête nucléaire en procédure de décollage ».

Entre songes et rêveries dans cette chambre saharienne, Jeldora ronflant à ses côtés, Zolotov repense aux minutes suivant la sortie du restaurant, à ce premier rendez-vous du cœur. Lui et Jeldora sont alors sous le Régime, c'est l'amorce timide du printemps, c'est gris, c'est le soir, c'est un lampadaire, c'est quelques flocons, c'est une enfilade de phares de VAZ et de Volga, en valse sur les pavés mouillés. C'est un trottoir, c'est Jeldora se dressant pour la première fois sur la pointe de ses pieds, qui tend ses lèvres à Zolotov. « Mon cœur accélère », pense-t-il alors.

Ce corps de fil, le soir de leur première rencontre, ensaché à l'intérieur de la plus belle des robes de Jeldora. Or, ce n'était pas une belle robe. Mais Zolotov apprécie certaines de ces choses « tout juste un peu banales ou même vilaines ». Zolotov ne connaît rien à la mode, mais sait distinguer le ravissant de l'inesthétique. Se sait réceptif aux harmoniques vestimentaires.

Puis les voilà, trois mois plus tard, déjà étreints par le quotidien. Jeldora et son minuscule logement, un peu désordre, mais pas trop. Du modeste, même pour l'Est, c'est dire. On y retrouve des disques, des livres, quelques casseroles, une bouteille de vin moldave, un paquet de Cosmos (Kocmoc), deux chaises, deux chats : un tacheté beige et blanc à poil court et un gris, très gras, mais alors très gras, à poil très long. Assez pour rendre allergique un autre chat.

Si le sommeil gagne Zolotov à grand-peine au bout d'un pénible deux heures, l'historien fatigue à dormir normalement. La chaleur l'entraîne sur un nouveau plateau de tournage sur lequel il se transforme en alternance en scénariste, acteur et projecteur de rêves étranges. Dont celui en noir et blanc où, à bord d'un biplan en vol, il discute en suédois. Zolotov semi-sommeille, les yeux bouffis, réaction allergique à l'obèse matou-mammouth à poil long. « Ne frotte pas tes yeux Ivan », marmonne Jeldora le visage enfoncé dans l'oreiller et la tête bien enfoncée dans ses propres rêves. « Mais comment peut-elle dormir dans cette bouilloire ? », se questionne Zolotov.

Trois heures du matin. Même au cœur de la nuit, la chaleur demeure véritablement accablante. Zolotov, à bout de ressources et de solutions, se lève, s'assoit au pied du lit, enfile fatigué des vêtements humides et surmenés. Bien que Zolotov sache distinguer le ravissant de l'inesthétique et se sache sensible aux harmoniques vestimentaires chez la femme, il ne possède pour lui aucune conception de la mode, soviétique ou non. Il demeure donc en complète périphérie de l'idée de se pourvoir de pelures neuves.

Zolotov humecte d'un baiser le front déjà humecté de Jeldora, à moitié nue, à moitié endormie. Il ouvre puis referme la porte de l'appartement. Il roule son vélo jusqu'à l'ascenseur. En panne. Il dépose alors sa mécanique à deux roues sur son épaule puis amorce, en empruntant les escaliers, une pénible descente de 15 étages, au cœur d'une cage transformée en sauna, cage trop étroite pour un homme et son vélo. Au bout d'aussi trop pénibles minutes, la porte s'ouvre enfin sur l'extérieur. Respiration.

Sur la rue, l'air est effectivement plus respirable. Au point où, pour un Zolotov attentif à ses réactions épidermiques, les pores de sa peau sont à même de percevoir les caresses d'une certaine fraîcheur. Un positif parlerait de légère brise, bien que chaude.

C'est la nuit.

Le quartier est mort.

Zolotov est libre.

Au milieu des rues et des avenues désertées, des chats en dormance savourent langoureusement la brise, court répit avant l'arrivée d'une autre journée présageant déjà l'essor d'une chaleur radicalement aliénante. Sur son vélo, un vélo neuf d'ailleurs, et bien rouge, l'historien imite les chats, prenant possession de la rue, l'espace d'une petite révolution silencieuse.

Zolotov possède chaque rue. Il possède Gorki, il possède le temps, il possède la vie. « Je préfère rouler à vélo la nuit plutôt que de tremper dans une marinade asphyxiante et allergène », pense-t-il. Il fredonne maladroit le refrain d'un succès britannique dont Jeldora possède le rare exemplaire d'une copie de version piratée. « C'est toujours un peu meilleur quand c'est un peu illégal », avait-elle dit, dévoilant radieuse la pochette du vinyle pirate, en même temps qu'un sourire surpuissant.

Zolotov, 40 ans, zigzague maintenant sur la rue, roulant droite-gauche, s'amusant à contourner les lignes pointillées peintes à intervalles irréguliers au centre de la chaussée. « Lorsqu'ainsi morte, la ville encourage le retour à l'enfance. » Il fredonne toujours le succès britannique, progressant jusqu'au carrefour des rues Nutnaya et Zapoiskaya. Puis voilà son regard ébloui par les phares d'une voiture qui s'approche, une VAZ. « Une vraie merde de VAZ ! », croit-il entendre son père sentencier dans son esprit, comme si ce paternel était embusqué derrière un bosquet ou pire, définitivement incrusté dans le cerveau du fils.

La VAZ est couronnée de gyrophares qui s'activent au moment où la voiture stoppe sec devant le vélo de Zolotov. Des gyrophares bleus. De la fenêtre de la VAZ, une main apparaît, articule un mouvement du poignet. Main au bout de laquelle gesticule un index sans appel en direction d'un Zolotov ainsi forcé de se ranger sur l'accotement. Deux jeunes policiers sortent de la VAZ. Claquement de portières bien affirmatif. L'un des policiers semble boiter. Non, il titube. « Papiers ! » Zolotov rembobine le film, arrêt sur image : ses papiers d'identité sont dans son portefeuille, mais ce dernier sommeille sur la commode de Jeldora, sur la pochette du vinyle piraté. « Je suis confus chers camarades policiers, mais j'ai oublié mes papiers chez une amie, et... »

« Nom ? » Zolotov. « Fonction ? » Historien et professeur d'histoire. « Un historien, à vélo, à trois heures du matin ? Formidable ! »

Les policiers plaisantent ferme. Zolotov connaît par cœur la partition de cette musique policière : la loi qui s'emmerde, une ville morte, le besoin d'action propre à une jeunesse dotée d'armes et de pouvoirs : « Z'arrivez d'où ? » « Z'allez où ? » Zolotov est calme. Il n'a rien fait, n'a rien à se reprocher, n'a donc rien à craindre. « Un historien ivre ! C'est rare ! » « Un supposé historien ! Un sans-papiers ! », renchérit le collègue titubant chez qui la vue du vélo attise des braises au fond du regard. Le policier enfourche la bécane de marque Sport (Спорт).

L'agent slalome entre les lignes, singeant en manière de caricature grotesque un Zolotov inexpressif : « Alors, monsieur l'historien ? On aime faire des S en plein milieu de la rue ? Un supposé historien ! Qui possède un vélo très neuf ! Et très rouge ! Et qui porte des vêtements de clochard ! Un sans-papiers qui fait des S en plein milieu de la nuit avec un vélo neuf ? »

Zolotov se sent un peu moins bien. Le bleu des gyrophares témoigne d'ailleurs par intermittence de l'amorce de sa déconfiture faciale. De petites perles de sueur frétillent en rigole sur son front, chutent sur ses joues, s'enfouissent dans sa barbe. « Mon visage défait sera interprété comme un signe d'aveu. Mais aveu de quoi ? » Conscient de cette réalité, Zolotov tente de se composer un masque sûr et souriant, une posture confiante, une ligne de maintien destinée à lui permettre de reprendre le dessus sur celle de son faciès en liquéfaction. Ce combat entre attitude et effondrement trace sur son visage un air de plus en plus clownesque, ce qui n'aide en rien sa cause.

Alors Zolotov frissonne. C'est dire son taux de chaleur interne versus le climat ambiant. Il songe à se remiser une Cosmos au bec, mais voilà que pile en se laissant pénétrer par cette idée, le policier se laisse tomber du vélo rouge, sort un paquet, s'allume une Cosmos, la grille, les yeux flamboyants.

« On doit vous embarquer. » « Oui, nous le devons ! » « Simples vérifications, et quelques questions de formalité, et puis le temps de vous laisser cuver votre alcool. Aux frais du Régime ! » « Non, pas de place pour le vélo. » « Non, pas de place. » « On tentera de le cacher sous la haie, juste là. » « Même si rien ne garantit qu'il sera là quand vous serez libéré. » « Non, rien, mais alors là, rien ne le garantit. » « Dans la mesure où vous serez libéré. » « Nous, c'est jamais d'a priori, vous comprenez ? » « Non, jamais, c'est ni notre rôle ni notre responsabilité. » « Nous, on suit les règles. » « Demain matin, quand le chef arrivera, il verra. » « En admettant que le chef arrive demain. »

Sept heures du matin. Dans la vaste cellule commune, des déchets humains empestent la vodka, émettent des sonorités diverses, issues d'une nuée d'ouvertures. Une « zone de dégénérés » où croupit une trentaine d'hommes de 15 à 85 ans. Un adolescent combinard ayant trafiqué des entrées au parc d'attractions Karl-Marx; un surveillant violent officiant dans ce même parc; un chauffeur de tram enivré ayant arraché deux écoliers à l'existence; douze étudiants pris à danser sur des rythmes importés d'Angleterre; un préposé de pompes funèbres sur le point de se jeter en contrebas du pont Molitovski; un chien blessé, frappé par la VAZ d'un policier ayant évité de justesse un retraité affalé sur la chaussée; un retraité ayant été évité de justesse par un policier; cinq hommes ayant battu leur femme et du nombre, deux ayant poursuivi la séance sur leurs enfants; un journaliste ayant laissé sous-entendre dans un texte que le Régime gagnerait à repenser certaines de ses pratiques; six joueurs d'une équipe de hockey accusés de viol; un professeur d'histoire qui fait des S avec un vélo rouge et neuf, au beau milieu de la nuit.

La chaleur n'est plus accablante. Elle est mortelle. Au milieu de ce fatras de chairs aqueuses et relâchées, Zolotov observe à travers des barreaux suintants ses bourreaux avachis. À gauche d'un guichet, six policiers s'épongeant le front avec des serviettes et le gosier avec de l'alcool confisqué puis transvidé dans une cruche à eau. Autour d'un jeu de cartes, ils s'enfilent des Cosmos à la chaîne. « En sortant d'ici, je crois que je vais faire un peu de ménage dans mon destin », pense Zolotov.

Au moment où Zolotov constate l'échafaudage de certaines inquiétudes intérieures,

il voit entrer dans le bureau de ses bourreaux : son père, Alexandre Shibaev (grand
directeur de GAZ) et un homme que Zolotov
devine être le chef de la police du quartier.
Dans moins de cinq minutes, Zolotov sera
sorti, sans son vélo rouge et neuf.

Mourir en paix

Gorki, 1988, à l'aube de la raspoutitsa politique, soit la chute de l'Empire. Tout se bouscule. Rapidement. « Comme si des enfants prisonniers dans la salle cadenassée d'un cinéma en feu ne faisaient que frapper sur la porte de sortie, en se piétinant, en jouant du coude, dans le noir. Des enfants prêts à tout pour éviter la déchirure du monde et l'embrasement du temps. » C'est ce que pense Zolotov.

1988, c'est un peu tout ça. L'année est à peine amorcée depuis quelques heures que déjà, en mondovision, Gorbatchev et Reagan adressent leurs vœux du Nouvel An aux citoyens respectifs du pays ennemi. Un vent chaud souffle sur le rideau de fer. S'efface même la grisaille du récent souvenir de l'éruption nucléaire de Tchernobyl. S'articule la marche précaire de l'enfant pratiquant ses premiers pas en direction des bras bien ouverts de la liberté, champs ensoleillés où se bercent les blonds blés murs de la Démocratie.

Alors que les piliers du Régime s'effritent, la religion orthodoxe s'exclame elle aussi au grand jour. Comme les autres religions à venir, guidées par et vers de suprêmes divinités : le rouble. Le dollar. Le mark. La lire. Le franc. L'escudo. Le Florin. Le drachme. Le peseta. Le yen. Le peso. Le pétrodollar.

« Je ne vois que deux options, Ivan : soit ça va briser, soit ça va casser », confie à Zolotov un ami physicien, dissident actif croisé par un hasard pas si grand, rue Varvarskaia. Zolotov est de retour de l'endroit où se rend Sakharov, soit la Bibliothèque scientifique de Gorki. Le physicien poursuit : « Tu vois Ivan, j'ai reçu la semaine dernière l'autorisation de sortir de Gorki et même d'aller à Moscou. Tu te rends compte ? À quoi servira bientôt ma dissidence si elle n'a plus sa raison d'être ? Je vois ça d'ici, tiens : plus je serai libre, moins l'énergie du combat animera mon esprit. En garde à vue, j'avais la liberté d'être reclus. Ma prison surveillée, celle des murs, mais aussi ma prison intellectuelle, tout ça symbolise ma liberté. Me donne l'impression d'exister comme jamais, pour les autres, aux yeux des autres. Alors imagine le jour où je pourrai sortir des frontières du pays. Je te prédis qu'Elena voudra alors me quitter pour de bon. Fin du prestige. Puis tous mes camarades et tous les citoyens d'URSS me quitteront. Pour ce qu'il restera de l'Empire. Tu vois Ivan, cette liberté que pourtant je défends ou plutôt, cette nouvelle forme de liberté, sera ma mort. »

Puis dès le printemps de l'année 1988, Zolotov assiste en lui à l'émergence d'un phénomène étrange. Que ce soit à Gorki, ou encore à l'occasion d'un voyage à Stockholm en sa qualité d'historien et de professeur d'histoire invité, les mots qu'il verbalise s'agencent en symbiose à ceux issus de sa pensée. Le printemps progressant, cette manifestation va croissant, s'accélérant, se démultipliant par effet d'exponentiation, orchestrant le mouvement perpétuel d'une spirale hyperbolique aspirant vers des horizons précis une autre manière d'entrelacer et de faire voleter les mots qu'il prononce. Zolotov découvre en lui la capacité d'émettre des phrases qui s'arriment à ses idées. Des phrases qui traversent les plaines de ses émotions, galopent jusqu'aux confins de ses intuitions.

Bien que les contours de ce nouvel état d'esprit demeurent encore imprécis, Zolotov, dès le début de l'été, se sent alors imprégné d'une impression plus nette, celle de voir sa pensée apprendre à courir, non pas parce que traquée, mais parce qu'en état d'éveil, par simple désir de courir, par devant, « plus vite que le vent, plus vite que le temps ».

Cette impression demeure indicible, évanescente, intangible. Impossible de pouvoir apposer des mots nets pour décortiquer l'explication de cette boule qui lui gonfle le cœur. Ainsi Zolotov capitule devant toute forme d'explication logique. « Tenter de retenir l'eau entre ses doigts ? Inutile. L'eau, vaut mieux la boire. Et vite. On verra plus tard, mais pour l'instant, j'ai soif. »

Chose certaine, chose sûre même, cette impression, ces contours, sont bienveillants. Calmes et bienveillants. Dès lors, plus la pensée de Zolotov se décoince et se déprend, plus de nouveaux rouages s'actionnent dans un espace d'expression ouvert et spontané. Et plus sa gorge, sa langue et sa mâchoire se surprennent à émettre une suite de sonorités inexplorées. « Ce Régime a sans doute du bon, mais convenons qu'à bien des égards, il est décevant », se surprend-il à émettre à haute voix devant des camarades, des collègues, et parfois même, des officiels du Régime. Il peut donc aligner des séries de mots, valorisés et soutenus par une gestuelle plus spacieuse, des mouvements plus amples, avec des épaules, des bras, des doigts, un corps habile à désormais nommer, attribuer, pointer avec précision, acuité, et même, avec un cœur apte à partager certaines émotions. « C'est même assez con en somme, ce Régime ! », s'exclame-t-il parfois. Et ce corps, et cet esprit et cette pensée en redemandent, tous bien nourris par une turbine à la fois libératrice et génératrice d'énergies nouvelles, rechargée d'elle-même, par elle-même, en elle-même et pour elle-même.

À l'aube de la cinquantaine, quelques minutes après avoir déposé son vélo bleu au flanc d'une Volga rouillée, Ivan Zolotov confie au vieux garagiste Yiaroslav Stolypine : « Tout ça est étonnant, Stolypine. Hier en fin de journée, je roulais et j'aperçois la pauvre Larisa Vodianova qui vend toujours ses fruits et ses légumes bon marché. Elle me fait signe alors que je l'ignore depuis dix ans tellement son commerce fait pitié. Elle me dit : « Alors Ivan ? Cette liberté ? » Je n'ai pas su quoi lui répondre. Notre prison est si vaste que même si on ouvrait les portes, même si on nous dit qu'elle n'existe plus, on réalisera que l'air et l'horizon demeurent les mêmes. Alors j'ai parlé de tout et surtout de rien avec cette pauvre Larisa Vodianova, puis j'ai vu se faufiler entre des cageots de fruits fatigués, une jeune fille vive que Larisa m'a présentée comme étant sa petite Natalia. Elle galopait en tous sens avant de freiner devant mes yeux en disant : « J'ai pile six ans ! » Je ne pourrais jurer de rien Stolypine, mais je crois bien avoir perçu, dans les yeux et les gestes de cette petite, que tout peut basculer, et bientôt. Le regard de la fillette m'a donné autant de confiance en la vie que jadis la Terreur de Gorki a pu me donner un solide coup de confiance en la mort ».

Sur ce, le sage Stolypine avait, après des heures d'un monologue philosophique, conclu par : « Je te le dis, Ivan. Soit les chars arrivent d'ici douze mois pour nous ramener dans le droit chemin, soit c'est la bouleversante fin du Régime. Quand c'est rendu qu'on voit leur Reagan dans nos télés, y'a des signes. Et tu sais quoi ? Sans les ouvriers affamés en 1917, le Régime serait demeuré un concept utopique ancré dans le crâne de théoriciens convertis en dictateurs. Ce sera la même chose cette fois, Ivan. Les ouvriers, affamés de justice comme ces syndiqués polonais, ils vont reprendre leurs billes. Alors ce sera l'arrivée des chars ou celle de la fin du Régime. Et je te prie de ne pas aller t'imaginer que ce sera mieux après. »

Sur le retour, roulant à vélo en bordure des trottoirs longeant la Perspective Gagarine, Zolotov songe que la journée où le Régime flambera, les plus forts seront tout près de la porte du cinéma en flammes. Ils vont non seulement sortir de la salle en premier, mais en profiter pour ramasser tout ce qu'ils peuvent sur leur passage avant l'écroulement précédant la ruine entière du bâtiment.

À la table de sa cuisine, dans cet appartement de solitude où traverse le soleil, l'historien et professeur d'histoire suçote un bâton de cannelle trempé sans rythme dans un thé noir tiédissant dans une tasse sans anse, faïence de porcelaine ébréchée datant d'au minimum 125 ans, ce que Zolotov ignore. « Tiens Ivan, cette tasse appartenait à mon arrière-grand-tante », avait dit sa mère en lui refilant une boîte de vaisselle dépareillée au moment où il avait, « il était temps ! », décidé de quitter le nid familial, à 45 ans. Sur des feuilles éparses qu'il consignera dans un cartable défraichi, il note :

Démanteler un pays exige 50 ans de réflexion pour une heure d'action. Le rebâtir exige une heure de réflexion pour 50 ans d'action. Surtout lorsqu'il s'agit d'un pays artificiel, dont les assises reposent sur une philosophie chimérique, un territoire où la population a développé, par réflexe, un fort penchant pour les défaites successives, au point de s'y plonger elle-même, de son propre gré, dépitée d'ainsi affirmer une quelconque forme de libre arbitre. Phénomène que les pratiquants du colonialisme intellectuel, en bons parents compréhensifs devant l'attitude d'un gamin à qui l'on pardonne tout, interprètent, qualifient, falsifient et résument ainsi, sous le jour d'une indomptable fatalité nécessairement à oublier : l'âme russe. L'âme russe.

La liberté. À Gorki. Là où la population, là où des générations empilent des strates d'amertume que seul un Être supérieur peut briser. Un nouveau héros, capable de nous soustraire de cette usine de déceptions, de lassitudes et de désillusions, là où notre seule richesse est encore celle de la réalité, même lorsqu'elle se fait collante, implacable, répugnante.

Cette réalité collective, mais aussi individuelle, quand chacun se retrouve le soir dans son lit, seul, même à deux, à ressasser les dernières pensées précédant le sommeil. Oui, un Sauveur. Un dieu, un général, un géant penseur agile à détecter la direction des vents du peuple et ceux du politique, oui, apte à lire les vents au moment où, bien debout, digne dignitaire niché au-devant d'un immense balcon, il répand ses poudres d'espérance. Et le peuple de dire « merci, et encore merci », pour autant que ces poudres soient brillantes.

En ce début d'été 1988, à Gorki comme ailleurs dans le monde, accéder à la possibilité de fantasmer à propos du quotidien des plus puissants constitue une récompense, un baume appliqué sur les gerçures du malheur. Chez les dociles désœuvrés, à l'Est comme à l'Ouest, l'acceptation du niveau complet de soumission totale constitue la principale source de réconfort de leur réalité (les mieux nantis qualifiant la réalité des désœuvrés de « condition », ce qui implique une imbécile fatalité, un manque de chance que rien ne saurait changer, donc un truc à oublier).

Ainsi, suivre un leader. Un chef. Un commandant. Un roi. Un dieu. Idéalement emblématique, quasi fantomatique. Très idéalement magique. Vivant ou non. Ayant vécu ou non. Utopiste, triomphaliste, songe-creux ou non. Menteur ou non. Mais suivre. À tout prix. Surtout si ce leader possède de surcroît la capacité de se transformer en bourreau, attisant des séries de craintes, et ce, idéalement aux moments les plus inattendus. Un bourreau agissant sans logique. Un bourreau qui exerce ses actions de manière aléatoire, imprévue, suscitant ainsi cette peur, cette anxiété qui maintient l'individu et la collectivité sur le qui-vive. Parce qu'être sur le qui-vive, c'est déjà vivre. Et parce que vivre, c'est déjà se tenir à distance de la mort, avec une mince longueur d'avance.

À l'Est comme à l'Ouest, le citoyen craint les pulsions instinctives du Pouvoir, désemparé par l'acceptation si docile de son propre

consentement, *alimentant sans effort le si-*
lence d'impact émanant du rayonnement de
la Puissance. Ne veut surtout pas mourir à la
place du voisin. Veut surtout oublier tout ça.
Oublier une bonne part de ce qui n'a jamais
été, réinventer le passé, réécrire l'histoire,
s'accrocher au présent jusqu'au moment de
percevoir à l'horizon les troupes fraîches et
bien armées dévaler la montagne dans un
élan de furie, le forçant à prendre la fuite en
hurlant que la chance, c'est essentiellement
pour les autres.

Zolotov s'endort sur le canapé, télé allumée sur une chaîne qui ne diffuse plus rien.
Zolotov, le corps bleuté de lumière d'écran.
Ce même bleuté alimentant le décor de ses
rêves, ici celui où il se revoit, enfant, enjam-
bant la clôture d'un jardin public, aidé de
son père. Se succèdent d'autres rêves, dont
celui d'une scène de nuit où cette fois son
père entre dans son appartement : déver-
rouille la porte, pénètre dans la cuisine,
dépose ses clés sur la table.

– Papa ?

– Bon matin Ivan. Ta mère est morte.

C'est clair. Pas de faux-fuyant. Tous deux
à se regarder, dans un silence d'impact total,
regard à travers lequel jaillit une légion d'oiseaux noirs. Un silence d'impact assez long
pour redonner au cœur de Zolotov le temps
de réajuster le rythme de ses battements, de
s'asseoir, de déposer sa tête ébréchée entre
ses mains. Le temps de ne rien dire, de ne rien
savoir quoi faire ou qui être. De ce silence

émerge net son plus lointain souvenir d'enfance, lorsqu'à trois ans il se retrouve au pied de l'escalier mécanique d'un petit centre commercial de Gorki. Un espace réservé aux rares privilégiés résidant dans un rayon de plusieurs centaines de kilomètres. Dans cet écrin de petits luxes se vendent alors des fournitures hors de prix, donc hors d'atteinte, pour la vaste majorité.

Zolotov, trois ans, y suit sa mère, qui pose malgracieusement les pieds sur les marches de l'escalier mobile, direction premier étage. Zolotov ne s'est pas encore engagé dans l'escalier en raison d'une soudaine fascination pour la présence du bouton d'arrêt automatique de l'engin. Il ne sait pas lire et ignore tout de l'utilité du bouton. Rouge. Alors il s'agenouille, déplie son index de trois ans, appuie sur le bouton. L'escalier s'immobilise. Tout s'immobilise. Le bruit de la mécanique de l'escalier freine sec. La mère de Zolotov s'immobilise. La voilà aussi immobile qu'un mannequin de vitrine. Voici la première fois où Zolotov a cassé le rythme, la progression de l'Autre. Surtout, la première fois où il assista à l'incroyable force du silence d'impact, ici créé par l'immobilité de sa mère, en ce jour disparue.

– Je t'attends dans la voiture Ivan.

– J'arrive...

La mère de Zolotov endurait la souffrance depuis deux ans. N'avait plus toute sa tête et avait perdu l'usage de la moitié droite de son corps. Morte pile comme elle voulait, c'est-à-dire sans devoir assister à l'entrée en scène de ses tourmentantes préoccupations, toutes liées à l'inconcevable fin du Régime. «Cette liberté est soufflée par un vent trompeur, Ivan. Cette liberté va tous nous enfermer. Tous.»

La toile invisible

Le vent de la liberté a pourtant bel et bien soufflé. Si bien que trois ans après avoir enterré sa mère, Zolotov se retrouve libre de tout mouvement, libre de toute pensée, libre d'être bien assis au comptoir d'un bar de l'El Prat de Llobregat Aeropuerto (Aéroport de Barcelone). Seul, quoique bien entouré de nomades bien vivants, bien grouillants en ce mois de septembre 1992. « À Barcelone, tout le monde semble plus beau et plus en santé que son voisin », pense Zolotov. Il sirote une limonade.

L'historien et professeur d'histoire ne dispose d'aucun penchant particulier à l'égard des bars d'aéroport, pas plus que pour la limonade. Seulement, il attend le départ du Tupolev d'Aeroflot (Аэрофлот), navette de l'air cheminant dans le couloir Barcelone–Moscou–Nijni Novgorod.

Nijni Novgorod (anciennement Gorki). Zolotov n'en a jamais autant rêvé. Il fantasme d'aise à l'idée de l'atterrissage final, puis « ce sera la douane à Moscou, le taxi à Novgorod, la porte de mon appartement et enfin, le repos bien mérité ». Jamais Zolotov n'avait pensé se rendre un jour à Barcelone. Encore moins durant six mois. Encore moins, trois ans après la fin du Régime, et ce, en raison de ses qualités d'historien et de professeur d'histoire soviétique.

Mais voilà, le coup du destin enlace parfois les plus chanceux. Dans ce cas-ci, l'équation menant à cette chance exigeait primo la chute du Régime ; deuzio une passion amoureuse datant de plus de 30 ans avec l'étudiante et beauté cubaine Carla Lopez, passion éphémère assurant l'apprentissage en accéléré de la langue espagnole ; tertio la tenue des Jeux olympiques (*No pain no gain in Spain*) ; quarto son encyclopédisme universel de l'histoire soviétique.

« Aussi suis-je le seul candidat éligible par défaut » pour représenter la Russie à la biennale internationale des historiens hispanophones, dont la thématique cette année-là était *Bloc de l'Est : genèse et effondrement*, conférence organisée en marge des Olympiques de Barcelone.

Ayant eu vent de la participation de Zolotov à cette biennale, le directeur du programme d'histoire de l'Université de Barcelone, Jorge Cardona, l'avait invité à enseigner tout un semestre. Cardona est un passionné, un sanguin disposant d'autorité et de crédit. Il a su convaincre Zolotov à coups d'arguments solides, lui promettant un auditoire attentif et enthousiaste, une vaste salle de cours, climatisée, au dernier étage d'un immeuble fraîchement inauguré. « J'ai tout prévu pour l'historien émérite, le grand professeur Zolotov ! », avait annoncé

Cardona à un Zolotov tanguant entre enthousiasme et angoisse. Celle de partir si loin de sa faculté, surtout si longtemps.

À 52 ans, en ce printanier mars 1992 à Barcelone, Zolotov marche énergique dans le couloir frais du dernier étage de ce rutilant pavillon universitaire. C'est le matin du premier cours et sa main agrippe avec cœur et enthousiasme la poignée de porte du local 901-3. Il ouvre, contemple d'abord la luminosité, le modernisme et l'immensité de la salle, puis rabaisse son regard sur l'auditoire, composé de trois étudiants dispersés dans cet espace abritant une centaine de pupitres vacants. Du nombre des trois étudiants, deux somnolent bien ferme.

Barcelone. Puisque la majorité des humains y a déjà séjourné ou envisage y atterrir dans un proche avenir, il apparaît d'emblée superflu de ressasser ses parcours touristiques ou pire, de vendre la mèche. Retenons tout de même le principal attrait de la capitale catalane, c'est-à-dire les splendides chats s'abritant à l'ombre des arbres couronnant l'arène extérieure d'un théâtre grec campé aux flancs du Montjuïc.

« Attention, avis à tous les passagers du vol 421 d'Aeroflot en partance pour Moscou : prenez note que le départ est retardé de 90 minutes. Attention, avis à tous les passagers... » Extirpé de ses réflexions, Zolotov commande une deuxième limonade. À sa droite, un voisin efflanqué s'enfile des scotchs à une vitesse qui impressionne. Lunettes rondes d'intello, casquette du Manchester United, t-shirt qui semble déjà dater de dix ans affichant pourtant *No pain no gain in Spain*, blue-jean râpé, espadrilles Adidas. Depuis ses premières sorties de Russie sans escorte de sécurité, Zolotov a appris deux choses, l'une étant la possibilité, bonne ou mauvaise, de dialoguer avec des étrangers et l'autre, de ne jamais se fier aux apparences. Comme cet homme à la casquette du Manchester United, par exemple. Pour Zolotov, « cet individu pourrait tout autant être un artiste, un alcoolique à sec, un *middle class hero*, un baba cool, un bobo yoga, un milliardaire décontracté, un espion norvégien, un programmeur informatique ou même, un professeur d'histoire. »

« Dommage… » laisse sortir de sa bouche Zolotov en apprenant le vol retardé d'Aeroflot.

« Vous êtes Russe ? » questionne alors ce voisin dans la langue de Boulgakov. « En effet », répond Zolotov chez qui l'idée même d'engager ou d'encourager un dialogue avec un inconnu représente un inqualifiable tourment. « J'adore la Russie ! », annonce alors son voisin de comptoir.

Zolotov pense que tout le monde adore la Russie. « C'est comme un slogan commercial : *J'adore la Russie !* », pense-t-il. Sans même lui poser de questions, Zolotov apprend que son adorateur de Russie est journaliste, Anglais, de passage à Barcelone depuis le début de l'été. « Mais pas pour les Olympiques. Moi, c'est pour l'art ! »

Zolotov considère que, finalement, « ce truc d'Olympiques attire des mouches dans sa périphérie, pire que le choléra » et « qu'à l'ombre du Montjuïc, il se brasse du *business* assez inutile comme mes trucs d'histoire dans une classe vide et possiblement les trucs d'art de cet Anglais. » Zolotov se demande qui va payer pour tout ça plus tard, quand le serveur apportera la note et que tout le monde se sera éclipsé au cabinet d'aisances.

L'Anglais Winston Brown : « On m'a envoyé en mission au début de l'été pour couvrir le phénomène de la *Toile invisible* à la Galerie Garcia. »

Zolotov : « Ah bon ? J'avoue ne pas avoir trop compris toute cette histoire. De mon côté j'ai enseigné l'histoire soviétique dans une classe bien vide de l'Université de Barcelone. Puis pour le reste, je me suis la plupart du temps enfermé devant le téléviseur. Un petit appartement, mais bien climatisé, dans Barceloneta. Mes cours, le téléviseur, mon vélo. »

Winston Brown : « Vous savez, la *Toile invisible* a connu un parcours fascinant ! Ma rédaction a voulu me faire prendre un peu d'air, c'est-à-dire se débarrasser de moi, alors ils m'ont sans le savoir balancé au cœur du plus grand fait d'art de cette fin de siècle ! C'est plutôt intéressant les Olympiques, mais alors, la *Toile invisible* ! Je planche déjà sur un livre, l'idée est d'être rapide, surtout pas que le livre soit forcément bon ou totalement

irréprochable, non, l'important c'est le *timing*,
je dois le lancer avant qu'un autre allume et
braque les projecteurs sur ce phénomène
d'art. Mais ça ira rapidement, vous savez.
Même que j'ai déjà mes notes, les idées, la
structure et tout ce que ça prend pour que
ça fonctionne. Pour le public, tout a commen-
cé le 5 juin avec cette galeriste, Julia Garcia.
Elle a transmis aux médias un communiqué
publié sous forme de petite manchette dans
La Vanguardia. Pour les lecteurs qui ont
lu cet article au sujet de la *Toile invisible*...
En fait, attendez. »

   L'Anglais plonge alors la main dans son
sac de cuir, puis la ressort accompagnée
d'un dossier bourré de notes éparses, de
coupures de journaux et de photocopies.
Le journaliste étale sa paperasse sur le
comptoir du bar. Voilà Zolotov contraint de
poser sa limonade sur ses genoux. « Bon, me
voici coincé. Cet Anglais va tout déballer
et me faire le coup de m'utiliser comme
spectateur de son petit numéro de prestidigitation littéraire », pense Zolotov.

   De fait, Winston Brown annonce :
« Voyez ici la manchette de *La Vanguardia*,
du samedi 6 juin, tenez, je vous la lis : « Spé-
cialisée dans l'art contemporain, la Galerie
Garcia présente depuis ce matin et jusqu'à
la mi-août, une œuvre inédite de Po, artiste
émergent qui propose aux visiteurs de plonger dans l'univers de sa *Toile invisible*. Exposée au premier étage de la galerie, la toile sera
ensuite livrée à son potentiel acquéreur. »

J'ai parlé à Ramon Cruz, vous connaissez? Non? Ça ne fait rien. Il est un peu au cœur de l'histoire, car c'est le chef de pupitre de la section des Arts de *La Vanguardia*. Je lui ai parlé la semaine dernière et j'ai retranscrit ici, attendez, c'est juste ici. Écoutez ce qu'il m'a dit : « On reçoit beaucoup de communiqués chaque jour à *La Vanguardia*. Mais je me souviens avoir été étonné par la nature de celui transmis le 5 juin par la Galerie Garcia. Une toile invisible? J'avais d'ailleurs hésité à le publier, mais ça tombait pile en fin de journée, c'était un vendredi, et on devait combler de l'espace pour l'édition du lendemain.»

Des années après avoir rencontré Winston Brown dans ce bar d'aérogare barcelonais, vidant alors une boîte de moules fumées discutables devant son téléviseur, Zolotov apercevra la tête du chef de pupitre de *La Vanguardia*, Ramon Cruz, bouger les lèvres pour raconter cette même histoire, cette fois dans un documentaire d'Arte soulignant le vingtième anniversaire de cette première et dernière exposition publique de la *Toile invisible*. Dans ce film documentaire réalisé par Wim Wenders, Ramon Cruz explique : « Quand je relis cette brève, encore aujourd'hui, ça me fait évidemment sourire de l'avoir qualifiée de toile. Mais au fond, et même plus tard quand j'ai bien cherché à en trouver de meilleurs, y'avait pas vraiment d'autres mots. »

Éclusant son scotch, l'Anglais et critique d'*ART&ARTS* poursuit son topo, expliquant à Zolotov comment en ce samedi matin de la publication de cette manchette de *La Vanguardia* imprimée à plusieurs centaines de milliers d'exemplaires, la grande majorité des Espagnols ne l'avait pas lue. Tout d'abord parce que la grande majorité des humains ne lit pas ou fort peu. Donc la majorité des Espagnols ne lit pas *La Vanguardia*. Aussi, parce qu'une bonne partie des lecteurs de *La Vanguardia* n'habite pas Barcelone. Et parce que les Espagnols, adeptes ou curieux des pages culturelles de *La Vanguardia*, sont davantage appâtés par les vedettes, les photos et les légendes que par l'inauguration d'une nouvelle exposition.

Comme l'explique alors Winston Brown à Zolotov, un fait demeure pourtant clair. C'est qu'en ce samedi 6 juin 1992, ils furent quand même des milliers à la lire, cette brève. « Une brève qui changera la face de l'un de ces coups de dés lancés sur le grand tapis du casino de la vie, cher ami russe. Tapis que jamais le hasard n'abolira. Et je parle ici de l'idée du dé de l'art ! L'art contemporain, je ne sais pas, mais l'art primitif, ça, sûrement. Au fait, je me nomme Winston Brown, et vous ? Zolotov ? Enchanté. Alors voilà, cher Zolotov, les jours et les semaines qui ont suivi la publication de la brève publiée dans *La Vanguardia*, les visiteurs de la Galerie Garcia ont toujours été plus nombreux. Mais vraiment, massivement et interminablement nombreux. Ça, monsieur, c'est la puissance du bouche-à-oreille. »

Avant d'ouvrir la porte menant à l'intérieur de la Galerie Garcia pour gravir les 23 marches imbriquées de manière à favoriser l'accès au premier étage, là où la *Toile invisible*, œuvre de Po, fut « exposée » dès le samedi 6 juin 1992, légère incursion dans la genèse et l'univers de Po.

En fonction des notes laissées par Po dans une boîte qu'il a déposée sur le comptoir d'accueil de la Galerie Garcia, il est possible d'imaginer Po, de son vrai nom Alvaro Valera, reclus dans son modeste appartement de Barcelone, logis situé tout près de la Méditerranée, bien que cette localisation, attrayante vue de loin, ne puisse lui procurer quelconque plaisir ou avantage, vue de près. C'est de cet appartement que Po va créer son œuvre et de cette pâte, son statut, sa statue et sa stature d'artiste.

Ici, imaginons Po en ce lundi 1er juin 1992. Dans le monde, on vient de clore le Chavou'oth, l'Ascension, la Pentecôte et l'Achoura. Et c'est tant mieux parce que s'amorcent les vacances de juin. Ça ne va pas très bien en Afghanistan et en Yougoslavie, 8 000 personnes de Vlasenica sont entassées dans le hangar du camp de Sušica, surface d'accueil surpeuplée d'humains chez qui les mots matelas, toilettes, douches et repas se contemplent depuis leur imaginaire décharné. Des réfugiés au mieux oubliés, au pire violés.

Mais il y a pire, puisqu'un premier cas de vache folle est annoncé en Israël, ici une vache Holstein d'un troupeau de 1 300 bêtes d'un kibboutz situé dans les hauteurs du Golan. En France, on inculpe pour la troisième fois Maurice Papon pour crime contre l'humanité, alors que le corps d'un juge assassiné près de Palerme disparaît sous le couvercle d'un coffre de bois, arrosé de quelques roses, d'une pluie de discours et de six pieds de terre. Les radios du monde inondent les ondes de l'hymne à la globalisation, annonciateur de la fin du rock et du début de l'ère frénétique d'une société de consommation totale carburant essentiellement aux mamelles de 20 grandes marques spécialistes du prêt-à-jeter, vision projetée sur des écrans de plus en plus grands et de plus en plus petits, *Smells Like Teen Spirit*.

Aérogare de Barcelone. Winston Brown tend à Zolotov des extraits de notes inspirées des copies du manuscrit laissé par Po, notes à la genèse de son livre *Les contours de la Toile invisible*, publié en octobre de la même année, d'abord de manière confidentielle aux Éditions du Puits de lumière, puis chez TASCHEN (200 pages illustrées) au printemps 1994, cette fois en plein dans la vague entourant la vente de la *Toile invisible*.

Zolotov amorce ainsi la lecture des notes de ce Winston Brown.

Début juin 1992. Bientôt, le monde entier aura le regard rivé sur une femme fière, épanouie, passionnée, femme de regards suaves et d'accents tendres. Barcelone.

L'artiste, Po, est un homme solitaire. Il a 82 ans, il va bientôt mourir, c'est fatal. Po n'a jamais exposé. Normal, il n'a jamais peint. Retraité des Beaux-Arts, ce Po est tout de même encore bien en vie en cette fin de printemps 1992. Parfait profil de l'artiste échoué : un ample savoir conjugué à une absence totale de talent brut. Ou plutôt, de talent pour explorer les profondeurs de son talent. Trop désintéressé, aussi, pour tenter de décrocher le pactole dans le marchandage de la croûte. Il a 82 ans. Il fume, boit, seul, il va mourir. Il est vieux, conscient de l'être, conscient que sa vie ressemble, selon ce qu'il écrit, à quelque chose de complètement raté.

Mais en ce 1ᵉʳ juin 1992, Po est en état d'agitation et n'a aucune intention de fermer l'œil. Au couchant de son existence, il tente pour la première fois de créer une œuvre grandiose, et ce, à partir de son modeste logis. Dans cet espace restreint abritant cet ainé en fin de trajet, le plafond semble soutenu par des bibliothèques précaires. L'air ambiant transpire des émanations de souvenirs immobiles. Des souvenirs fatalement toujours plus nombreux, donc toujours plus encombrants.

En ce 1ᵉʳ juin 1992, au moment où l'aurore s'effrite, accueille la lente arrivée de l'aube laissant poindre ses premières lueurs orangées dans l'horizon de la Méditerranée, au-dessus de Barcelone et de l'enseigne de la Galerie Garcia, Po, lui, a le front collé à sa fenêtre. Le regard vidé, le corps corrosif. Il a passé la nuit à réfléchir, fébrile, à frissonner d'enthousiasme, à vibrer d'insomnie. Alors qu'il pressent que cette aube sera celle d'une création aux contours flous, c'est de sa fenêtre qu'il distingue l'approche d'une boule de feu ayant percé le ciel, traversé la rue, le châssis, sa poitrine et son cœur. Boule qui portera un nom : la Toile invisible. Aube épiphanique le délivrant de ces chaînes qu'il avait passé 82 ans à patiemment forger, aube libératrice de ses craintes, trompettes de renaissance baptismales plongées dans un Jourdain d'où émerge en Jouvence sa puissante création, la Toile invisible.

Po écrit dans ses notes : « Ce sera une œuvre véritable ! Qui aura pour unique matériau celui de l'absence de discours et de ma profonde croyance en les capacités de chacun à propulser la conscience émotive aux sommets de l'âme et de l'imaginaire. Ce sera mon testament. Une œuvre unique. Un nom... Il me faut un nom et ce sera Po. Un discours ? Pas de discours ! Un peu de vin ? Oui, même si c'est le matin et je m'en fous ! Un peu de vin, du papier, un crayon et je me mets au travail, pour élaborer cette fresque de transparence ! »

Et c'est ainsi qu'Alvaro Valera, ex-prof aux Beaux-Arts, deviendra l'espace d'une boule de feu au cœur, Po. Aisé, donc, d'imaginer cet homme, épuisé d'une nuit sans sommeil, qui *révulse ses yeux à l'intérieur de paupières qui s'abaissent. Au bout d'un temps, lorsque ces mêmes paupières se relèvent, il prend un crayon puis d'un seul trait, amorce la création destinée à graver au titane son nom, sans âge et sans passé, entre ceux de Pissarro et de Pollock. Deux lettres bien visibles dans l'encyclopédie des Grands, ceux que l'on cite, que l'on sait ou pressent, sans même avoir à connaître leurs œuvres. Po.*

Winston Brown tend à Zolotov une copie des écrits laissés par Po sur le comptoir d'accueil de la Galerie Garcia lors de sa première et seule visite de l'endroit :

Amis du monde moderne ! Et même les autres ! Débutons par le commencement : l'homme préhistorique a-t-il inventé la musique en s'amusant à marteler la pierre avec un bout de bois, ou encore a-t-il d'abord tracé sur le sol, à l'aide du même bout de bois, quelques lignes aléatoires, une première ligne, puis une autre, des lignes distraites, des lignes dont chaque sillon sur le sol pourrait recevoir le qualificatif de première œuvre d'art ?

La musique et l'art visuel constituent les deux plus primitives expressions artistiques. Les mots, c'est plus tard. Et l'art qui reproduit exactement la réalité ou un instant de réalité, c'est encore plus tard. Les mots, c'était hier pour les australopithèques que nous sommes encore. Les mots, le cinéma, les machines, les pissotières signées, c'est de la vulgaire technique. Technique des mots, tech-

nique photographique, technique animée, technique de cadrage sinon d'encadrement, influencée par le penchant des hommes à croire qu'ils ont besoin de confrères à leurs côtés pour s'évaluer, s'élever, évoluer, exulter entre eux, au moment où ça se passe, au moment où la magie s'installe !

J'entends déjà ici l'élève au fond de la classe qui lève la main et demande : « Oui, mais monsieur Po, la genèse de l'art est-elle véritablement attribuable à l'homme ? Certains disent qu'elle est attribuable à Dieu, premier Grand Artiste, Créateur de toutes choses, Créateur de la Lune, Créateur de la Terre, Créateur de Mars, Créateur des silos bourrés de blé invendu au Nord et de la famine au Sud ? » Pour ceux dotés d'un ou deux grammes de lucidité, on peut effectivement considérer comme possible que la première expression artistique soit attribuable non pas à un être imaginaire, mais disons à un essaim d'abeilles, essaim créateur dans son action de splendides alvéoles géométriques.

Oui, c'est possible. Un alvéole, c'est joli ! Ça aurait pu être carré, ou triangulaire, mais non, l'alvéole est d'une géométrie à faire frémir. Mais encore faut-il un homme qui sait apprécier la beauté d'un alvéole pour le qualifier d'art. Pour apprécier l'art, ça prend de l'humain. De toute manière, je n'ai pas de foutue idée s'il y avait des alvéoles dans la préhistoire.

Surtout, encore faut-il un homme pour ressentir la beauté d'un alvéole, même si à une certaine époque l'homme ignore comment décrire la beauté, faute de mots, faute de repères et de comparatifs. La première œuvre doit, c'est le minimum absolu, être ressentie et non expliquée, et ce, au moment de sa création.

Acceptons que notre homme préhistorique puisse ressentir une émotion : le voici, bien préhistorique de son état, ému devant un alvéole. Puis le voici davantage rempli d'émotion alors que, planté au beau milieu d'une plaine, il s'arrête pour contempler, non sans angoisse, le lever d'une lune, bien pleine et orange. Ça sent l'art à plein nez, non ? Un regardeur (l'homme préhistorique), une œuvre (la lune), un musée (la plaine). Limpide comme stupide. Ni la lune ni l'abeille n'a conscience de la beauté qu'elle procure. Alors la lune et l'abeille ne sont pas des artistes et pas davantage des créations réfléchies, sauf dans l'imagination d'amateurs de sornettes. La lune et l'alvéole ne sont pas œuvres, car beauté n'est pas art, bien qu'art puisse semer beauté.

Voyons notre homme préhistorique dans la rosée, au petit matin. Il tend l'oreille avec une certaine attention en direction du chant d'un oiseau. Durant un court instant, la tête et le cœur de cet homme accompagnent le chant de l'oiseau. L'homme ne se dit pas : « Ô merveilles, ô délices, ô splendeurs ! Quel chant ! Il s'agit sans doute d'un merle à cou argenté ! » Non. L'homme préhistorique ne se dit rien, dénué de toute forme de vocabulaire. Il ressent un plaisir brut, sans autre forme *d'explication, sensation dénuée de mots et de réflexions. Le chant. L'oiseau. La sensation. L'homme est seul, sale, emmitouflé dans sa peau d'animal, les dents pourries, le cheveu long et comme la barbe, bourré de parasites. Pourtant, l'espace de quelques secondes, il ressent une émotion qui le dévie de sa trajectoire routinière, survivre. Une émotion créée par un être vivant, un oiseau. Voyons le tableau : oiseau-créateur, chant-création, australopithèque-spectateur. L'oiseau est donc un artiste ? Si la lune n'est pas créatrice, l'oiseau, lui, il est bien vivant, non ?*

Le lendemain, notre homme entend le chant d'un autre oiseau. Ce chant est-il plus beau ? Moins beau ? Le jugement n'existe pas, donc il y a absence de mots et de comparables. Or, notre homme s'attarde plus longtemps à ce nouveau chant. Ressent davantage de plaisir à son écoute qu'à celui de la veille. Son attention est plus concentrée. Donc, ce nouvel oiseau serait meilleur artiste que celui de la veille ? Bouillie pour les chats ! Parce que l'oiseau, bien que vivant, n'est pas conscient de sa création, des beautés ou des sensations qu'il procure.

Une forme de vie inconsciente de sa création n'a pas valeur d'artiste, alors la résultante ne peut être qualifiée d'art, même si je prends un bébé de trois mois, que je le trempe dans trois litres de cyan, puis dans trois litres de jaune et dans trois litres de magenta, que je le fais ensuite ramper sur une toile et que par ses mouvements aléatoires il parvient à recréer une parfaite réplique de la Joconde.

La création exige de manière absolue la conscience de son créateur. L'exigence minimale, c'est un créateur conscient et aussi, un spectateur conscient et sensible, apte à ressentir l'effet procuré par des sensations nouvelles ou différentes et non pas sensible dans le sens « d'avoir des sentiments ». Le fait « d'avoir des sentiments » est une invention récente et nettement surévaluée, entre autres parce que cet état suggère l'idée d'avoir, donc de posséder des sentiments comme on possède des biens matériels. Et qu'il suggère, par la même occasion, l'idée de richesse et de pauvreté de sentiments, donc des degrés de jugement qui réconfortent les nantis dans leur idée de se construire des forteresses pour se protéger des moins chanceux. Le sentiment d'être, alors que l'art consiste à être le sentiment.

L'oiseau, la rivière, la lune, la plaine, et même le bébé trempé dans la peinture joueront un rôle majeur, soit celui de servir de source d'inspiration. Mais c'est des milliers d'années plus tard que tout ça! Ce n'est que grâce au maniement des mots et des matériaux qu'on arrivera à décharner le véritable art brut, et du coup, l'état brut de l'apprécier. Des mots qui seront apprivoisés, domptés, encadrés, puis servis sur des plateaux d'argent comme des petits fours à avaler, à digérer puis à balancer dans un trou d'émail blanc contenant de l'eau pour la moitié et un trou fétide pour l'autre moitié.

Un matin clair de rosée pure, notre homme préhistorique prend un bout de bois entre ses doigts, l'agite un peu en l'air puis par hasard frappe une pierre. Un son sec s'entend. Toc! Étonné par ce son qu'il produit, il recommence. Toc! Puis, amorce un rythme. Toc-toc! Là, notre homme est tétanisé, autant qu'à la vue d'une éclipse de Soleil. Au bout de quelques minutes d'attraction et de crainte, il ose le grand coup : toc-toc et même toc! Notre musicien préhistorique apprivoise la sensation, s'en divertit, donc prend plaisir à créer sa cadence : toc-toc-toc! Il s'écarte de primaires besoins pour apprécier l'effet de cette sonorité et même peut-être, pour prendre plaisir à ressentir l'effet de l'effet, mais ce serait s'emballer : il ne peut ressentir trop de plaisir, l'absence de mots ne pouvant transformer son plaisir brut en fantasme, ce qui, en quelques secondes, lui permettrait de décupler ses sensations puis d'imprégner dans son cerveau jour après jour un historique toujours plus chargé de nouveaux fantasmes, surmultipliant ainsi le diagramme de ses connexions et de ses repères d'appréciation fantasmatique dans une arborescence en trois dimensions aussi large que l'univers.

Le frappement du bois sur la pierre (toc-toc-toc!) de l'homme préhistorique fait tout de même un sérieux effet, tranche sur ses habitudes. Frappe-t-il la pierre avec son bâton tous les soirs après le repas ? Prend-il une pause durant la journée pour se détendre et faire toc-toc-toc sur la pierre ? Ne l'a-t-il fait qu'une seule fois durant toute son existence par crainte d'à nouveau ressentir l'état d'emballement, de plaisir ou d'angoisse dans lequel ce rythme l'a pour ainsi dire entraîné et donc, en partie transformé ? A-t-il fait des cauchemars liés à cet état d'emballement ?

La première création est donc arrivée par hasard. Le premier artiste sur Terre n'était ni meilleur ni plus intelligent ni plus beau que les autres. Il a créé, mais surtout recréé, par hasard. Et c'est parce qu'une sensation a suivi cette première création que nous pouvons aujourd'hui la qualifier comme telle, d'œuvre artistique. Aux origines, l'élément le plus négligeable de la chaîne de création, c'était le spectateur, alors que les premiers créateurs étaient souvent les uniques témoins émotifs de leur création.

Maintenant, c'est l'inverse. Parce que la création, on s'en fout ! C'est le spectateur qui compte ! Qui triomphe ! Le spectateur, seul maillon dont la chaîne de création a pourtant pu se passer durant des dizaines de milliers d'années ! Mais inventez des mots, puis alignez des « Voyez comme c'est divin ! », « Révolutionnaire ! », « Pourri ! », puis produisez l'argent et voilà qu'autrefois inutiles, spectateurs et critiques se hissent au sommet de la pyramide de la créativité. Grâce au spectateur, l'artiste se définit. Et grâce au discours (du créateur, de son attaché de presse, de son *agent, de son galeriste, des journalistes, de la critique, des chercheurs, des professeurs et de tous ces puissants scientifiques), on ne définit plus l'art, non, on définit le spectateur.*

Le spectateur, le regardeur, l'audience, tous règnent en rois sur la scène alors que l'artiste est assis dans la première rangée, torturé par sa conscience, à se questionner au sujet du spectateur qui scrute sa création : « M'aime-t-il alors que je suis assis à le regarder ? À épier sinon à quémander sa capacité d'apprécier ma création ? Et pourquoi ? »

Mais la chaîne de création originelle, c'est simplement : créateur conscient et création fondamentale autant qu'éphémère, mère de toutes les œuvres. Aussi ne cherchez pas plus loin : pour la première création, ça prenait un humain et, pour ressentir l'art, ça prenait aussi un humain. Et ces deux humains, c'était la même personne.

Notre artiste préhistorique, appelons-le Gago, n'avait cure d'avoir ou non des spectateurs. Il n'a sans doute jamais songé qu'en prenant deux bouts de bois au lieu d'un seul, il aurait pu accélérer le rythme et créer des variantes complexes du genre toc-tac-tac-tuc-tuc-tuc-toc-toc ! Gago, c'est alors un seul bout de bois, une seule pierre, un seul rythme, une seule sensation. Toc-toc-toc !

Gago n'a pas d'arrière-pensée du genre : « Je veux de l'amour, des spectateurs, je ressens l'incontrôlable besoin de créer », « J'ai peur de ne pas savoir me renouveler » ou encore « Ils ne comprennent rien ! » Non. Puis enfin, quelques mois avant son trépas à l'âge vénérable de 44 ans, Gago réalise tout de même qu'au lieu de faire toc-toc-toc, il peut faire toc-toc-toc et tac (le tac, c'est une autre pierre qui traîne, à gauche de l'autre). Découverte majeure dans l'évolution de l'art, découverte dont il emporte le secret dans sa mort parce que personne ne prend le relais pour transmettre qu'on puisse faire toc-toc-toc et encore moins, un tac avec des bouts de bois sur la pierre.

Au début, l'évolution de l'art mourait avec son créateur. Parce que les autres justement, avaient sérieusement autre chose à faire, essentiellement survivre. Alors Gago ne va pas voir Goga pour lui dire : « Écoute vieux, avant de mourir, je voudrais te communiquer un truc... Tu vois ce bout de bois ? Eh bien, quand je fais toc-toc-toc, imagine que... »

Avec ce vingtième siècle qui s'éteint, vous avez rempli les océans de mots, de quoi noyer n'importe quelle baleine. Vos salauds de mots du genre : « À la lumière des récentes recherches, la majorité des archéologues, ethnologues, anthropologues et musicologues spécialistes de la préhistoire s'accordent pour affirmer que Gago, premier véritable artiste, a eu ce génie, ce don céleste, cette illumination [...]. Les traces laissées sur les pierres, que l'on pourrait qualifier de Graal artistique, nous permettent de croire que Maître Gago a sans doute consacré une partie de son existence à inventer un rythme qui devait à

peu près s'entendre de la manière suivante :
toc-toc-toc. Quelques années plus tard, créant
un nouveau style, il a fait preuve d'une intelligence inouïe, nous démontrant combien
rapide fut son évolution, n'hésitant pas à
créer un toc-toc-toc suivi d'un tac ! Inimagi-
nable, cette découverte ébranle les fondations
de nos croyances désormais révolues, ouvrant
très grandes les portes de recherches futures
sur les sentiers sillonnant ce nouveau champ
des possibles. »

Alors d'autres abrutis prennent le relais
des mots en les propulsant sur le marché fort
prospère du complot : « Nous avons ici la
preuve irréfutable que les extraterrestres ont
influencé le cours de l'évolution humaine ! »
Ensuite on passe invariablement à : « C'est la
CIA et les Américains qui ont inventé cette
histoire pour nous détourner de leur grand
dessein planétaire ! » Puis l'ultime vérité
éclate enfin : « C'est les Juifs ! Y'savent TOUT !
Depuis le début ! Mais ils ne disent RIEN !
Depuis le début ! »

Bien qu'attentif aux écrits de Po, Zolotov
hèle deux scotchs avant de replonger son
nez dans les notes du créateur de la *Toile
invisible*. Replonger dans les histoires, c'est
encore ce qu'un historien sait faire de mieux,
se dit Zolotov qui dans cet élan, examine
d'autres notes laissées par Po.

*Le discours, les mots, les relayeurs. L'art
brut est paralysé dans sa prison, là où les
gardiens sont trop nombreux et se repro-
duisent trop rapidement pour laisser entre-*

voir un quelconque espoir de percer ses imprenables forteresses.

Ces mots noient l'ami Gago, véritable artiste qui posait un geste de non-subsistance avec son bout de bois sur la roche, toc-toc-toc et même toc-toc-toc-tac, tout ça bien loin des préoccupations de cette animatrice télé qui, en entrevue, introduit chacune de ses réponses par une série de puissants bêlements du genre : « Vous savez, moi, en tant qu'artiste... »

Et je ne parle pas de ces autres mots, ceux prêchant que seule l'angoisse serait moteur, motif et motivateur de création ! Angoisse de quoi ? De la mort ? Angoisse de la mort ! Ah ! Tiens donc ! La mort ! Flash noir ! Flash qui nous glace le sang quand on a huit ou neuf ans et qu'on réalise au détour d'une nuit sans sommeil que oui, non seulement on peut mourir, mais surtout, qu'on court alertes et alertés dans les bras bien ouverts de la mort ! Pas seulement eux, non, mais nous, tous ! Constater que nous progressons allègres vers le grand vide fatal ! Comme un deuxième cordon ombilical, l'invisible, l'étrangleur, qui se coupe sec en silence, cordon qui nous délie de la vie pour nous lier au trépas ! Ah les cons !

Un artiste expose d'abord au spectateur sa capacité à parvenir au bout de quelque chose. Mais l'angoisse comme moteur de création ? Comme enviable moteur de création, même ? Je ris. J'avoue avoir pourtant passé 42 ans de ma vie à répandre ces balivernes à des générations d'étudiants alors que Gago, premier artiste, n'avait ni bagage, ni mots, ni comparatifs pour saisir ou départager les degrés entre état d'anxiété, de peur, d'effroi, d'horreur, d'épouvante ou d'angoisse. La création n'a donc besoin ni d'angoisse ni d'urgence, pas plus que l'angoisse n'a besoin de création. Jamais ! La réponse, c'est Gago, son bâton, sa pierre. Et puis que toque le toc-toc-toc, et que toque parfois même le toc-toc-toc-tac !

Trop facile de citer ses classiques au lieu de les remettre en question : « Vous savez, il faut retourner à ses classiques pour constater que l'art n'est viable qu'à partir du moment où... » Ah ! Non mais ! Je ris ! C'est beau, les classiques ! Vos classiques, ce sont des mots et des fusils au bout des mots, puis d'autres mots au bout des mêmes fusils !

Qui a libéré Paris, hein ? Demandez-leur, à tous, qui a libéré Paris ? C'est l'Espagne. Oui ! NOTRE Espagne ! À défaut de se libérer d'elle-même, c'est l'Espagne qui a libéré Paris. Et l'Espagne, ce n'est pas Madrid. Oh non ! L'Espagne, c'est une vue de l'esprit. C'est Alice au pays des merveilles. C'est la mort en différé. C'est l'élève discret au fond de la classe qui fera un notaire discret dans son cabinet discret et qui discrètement rentrera à la maison pour devenir complètement fou, farfelu et fantastique ! L'Espagne n'a pas besoin de classiques, non ! Laissons les classiques mourir et même, si ça se trouve, laissons une bonne fois pour toutes la mort mourir.

J'avais 34 ans en 1945, déjà vieux pour la guerre, Paris, la 9e Compagnie, porte d'Italie.

Paris, la foule en liesse. Paris, cette femme qui m'étreint et qui pense qu'on est des Américains et qui me chante des hourras en anglais. Sont pas là les Américains, belle chérie ! Ils arriveront demain ! Aujourd'hui c'est l'Espagne qui libère ton Paris ! On a libéré les Français qui défendaient l'hôtel de ville. On a installé un canon, on l'a nommé Grand-Père, le canon, allez savoir !

Et tout ça avec la honte du Dalí, pinceau trempé dans toutes les palettes. Et Miró le mirobolant. C'est quoi tout ça, Miró qui cherche toute sa vie à épurer ? Et le mahatma Gaudí, couleurs pulvérisées qui se cristallisent dans la lumière. C'est quoi ? Tous savent, mais personne ne dit : quand le soir arrive, quand les portes se ferment en claquant sec et que les lumières des salles des musées s'éteignent, tout disparaît. Tout. L'art est dans le noir complet. La seule lumière à redonner naissance aux œuvres et aux créateurs est celle de la torche électrique du gardien de nuit. Alors, c'est quoi, tout ça ? C'est du travail d'ouvriers. Des ouvriers du discours. Des océans de mots sur lesquels naviguent allègres d'hébétés croisiéristes mollassons !

Zolotov sort au hasard d'autres extraits de notes laissées par Alvaro Valera, dit Po :

Évolution de la chaîne de création, du début à maintenant.

Au début : créateur, création

Après : créateur, inspiration, création

Après : créateur, inspiration, création, spectateur

Après : spectateur, inspiration, créateur, création, discours

Après : spectateur, créateur, discours, création

Aujourd'hui : spectateur, créateur, discours

Après : spectateur, discours

Après : discours, discours

Après : rideau

Puis encore sur d'autres feuilles, d'une écriture déclinante, d'autres notes, ici celles à la genèse de la création de la *Toile invisible*.

Conneries complètes que cette histoire de bâtons sur la pierre parce que c'est clair que Gago, la première chose qu'il a faite, c'est danser. La danse. Danseur qui mime sans musique le rythme des animaux sauvages, mais qui, au début, ne faisait que lever les bras au ciel. Et il dansait, ce Gago. Ensuite, la ligne tracée dans le sable. Ensuite, toc-toc-toc, peut-être même avec un tac, si ça se trouve.

Alors à bas le discours ! À mort la recherche ! Voici la Toile invisible *! C'est tout et c'est TOUT et je vais maintenant dormir. Dormir quand on sait qu'on va bientôt mourir, faut vraiment être con. Et puis tout ça encore restera toujours que de la merde à mots... Pourris que ces abrutis engoncés dans leurs angoisses de pages et de nuits blanches.*

Winston Brown exhibe ensuite ses notes personnelles à Zolotov, notes destinées à enrichir le livre *Les contours de la* Toile invisible :

Mardi 2 juin 1992. Après avoir amorcé la création de ce qui deviendra la Toile invisible, ce depuis l'espace réduit et encombré de son logis, Po transporte son corps jusqu'à son lit. Et Po s'endort. Comme un bébé venant de naître. Un bébé ayant rendez-vous avec la vie, sinon avec l'histoire et l'histoire de son histoire. Filet de salive, sourire moqueur. Un sourire moqueur de 82 ans, aussi beau qu'une pleine lune gorgée d'orange se levant entre deux canyons. Ou entre deux buildings. Un sourire orangé en direction d'une pleine lune moqueuse sur la plaine, et ça dure, et ça brille, et ça dure parce qu'être Po, c'est ardu et qu'être Po, ça demande du sommeil, surtout après 22 heures d'éveil. Temps, durée, espace nécessaire à la création des contours de la Toile invisible.

Ses rêves sont inutiles à décrire, et ce serait commettre un péché que d'avoir l'impudence de les imaginer, surtout quand on a 82 ans, à Barcelone, qu'on empeste le tabac et le pinard, qu'on ronfle comme un clochard, qu'on est seul. Qu'on est seul et qu'on est blême. Qu'on ressemble à un vieil homme qui ressemble à une vieille actrice déchue, de celles qui finissent par ressembler à un vieillard qu'on dirait déguisé en marchande d'amour après 50 années de bons et loyaux tapins sur les trottoirs de l'ordinaire.

Ainsi est-ce le mardi 2 juin 1992, vers dix heures, que Po se déplie, relit tout ça, ce qu'il a écrit, la conception de la Toile invisible en somme. Chaque ligne de ces dizaines de pages écrites dans la fébrilité le rend de plus en plus honteux du paradoxe final de sa création, à

*savoir qu'à force de vouloir abattre le dis-
cours encerclant la création, il a écrit d'un
trait une centaine de pages plus ou moins
valables pour expliquer, donc justifier son
œuvre. Honteux parce que conscient d'y exposer l'anti-discours à l'aide d'une pile de
discours totalisant plus de 100 pages.*

*Il balance ses textes dans une boîte, la
referme, range les carcasses de bouteilles et
de verres vides, s'allume une cigarette et puis...
Et puis n'imaginons pas ce héros espagnol,
film couleur, lèvres généreuses, teint basané,
chapeau de classe, Po fringant qui va bientôt
conquérir le monde, car non. Po a 82 ans, et il
s'allume une cigarette, et c'est lent, et c'est
lent parce que c'est vieux, et c'est vieux parce
que c'est pénible, pareil à la fin de la vieillesse.
Il n'y a pas d'effets, ça tremble de partout, les
os, les cartilages, tout ça c'est vieux et l'appartement est exigu. Dehors, on ne saurait
dire s'il pleut, s'il a plu ou s'il va pleuvoir.
C'est donc ainsi que Po descend les marches
de son logis, une main sur la rampe, l'autre
appuyée sur sa canne. Sa boîte de textes sous
le bras.*

*Mardi 2 juin 1992, midi trente. Po s'ap-
proche de l'enseigne de la Galerie Garcia, qui
vient à peine d'ouvrir. Le bras frêle du vieil
homme s'allonge, saisit la poignée, ouvre la
porte de l'établissement. Po n'a pas visité de
galeries depuis longtemps. Aussi n'était-il
jamais entré dans la Galerie Garcia avant
cet après-midi-là. La Galerie Garcia est une
galerie d'art de Barcelone. Difficile d'en dire*

autre chose : plancher de bois, murs blancs, droits, un peu plus hauts que le standard domiciliaire, éclairage uniforme, fixé sur rail, lumière braquée sur des toiles généralement rectangulaires. La climatisation parfaite et silencieuse, l'espace transportant assez d'écho pour y entendre résonner les talons de Julia Garcia. On retrouve un peu de tout sur les murs, on y joue à l'art-loto.

Depuis le comptoir d'entrée de la galerie, Po a probablement observé un temps celle qui lui apparaîtra alors être nécessairement la galeriste Julia Garcia, en discussion avec celui qui lui apparaîtra être nécessairement un client important.

Julia Garcia a la mi-trentaine parfaite. On l'imagine aisément tenir l'avant-bras du potentiel acheteur, l'entraînant vers une œuvre : « Et regardez ici, cher ami. Lui, c'est Jordi Morales. Un artiste au talent comme au potentiel immense ! C'est une véritable chance que nous puissions héberger du Morales et ce n'est pas seulement moi qui le dis. C'est un génie, d'aucune école, ou si, en fait, de la sienne ! Une nouvelle école ! Regardez ces éclats de fraîcheur, regardez ici la puissance du mouvement, et ici, cette si subtile façon de situer cette suite d'éléments pour les harmoniser ensuite si brutalement ! Jordi arrive à poster des éclairages sur les ombres, à faire jaillir une lumière qui semble provenir tout droit du regard de... J'hésite à le dire, mais oui, osons, du regard de Dieu. Je sais que vous avez l'œil, c'est évident, un grand collectionneur dont je préfère taire le nom l'a aussi repérée, en me disant qu'il reviendrait sans doute s'en porter acquéreur ce samedi. Si je peux me permettre une confidence, quand il est reparti, je me suis demandé si je ne devrais pas la garder et la revendre dans cinq ou dix ans pour 20 fois sa valeur... Mais bon, non. Car comme on dit, chacun son métier, n'est-ce pas ? Le mien est d'offrir une vitrine aux créateurs, des instants de bonheur à mes clients et c'est bien ainsi. Je vous propose un café ? Un thé ? Des bulles ? »

« Cette Julia Garcia est assurément plaisante à regarder », explique alors Winston Brown à Zolotov. Selon le journaliste d'*ART&ARTS* qui l'a rencontrée à quelques occasions, le charme de la galeriste réside dans le fait qu'elle joue tellement mal le rôle de la vendeuse authentique que la somme de ses maladresses incite à l'encourager, selon lui comme une certaine forme de pitié mue en empathie, tout ça en raison d'une robe noire, d'un parfum séduisant et d'anneaux cerclés aux oreilles. Toujours selon Winston Brown, cette mixture confère alors à la galeriste le droit de croire qu'elle est bonne vendeuse, alors que tous savent qu'elle est la pire, mais que son sourire et son haut degré d'enthousiasme surpassent tout obstacle. D'autant plus qu'à ce stade, plusieurs se demandent si Julia Garcia ne ferait pas que jouer à la mauvaise vendeuse, jeu qui la rendrait pour ainsi dire surintelligente voire carrément géniale au regard de qui croit déceler la nature profonde de la galeriste, c'est-à-dire une personne se considérant elle-même comme très intelligente, sinon tout aussi géniale. C'est de cette manière que Julia Garcia, consciemment ou non, fait bien rouler sa galerie. Pour les uns en semant la pitié, reflétant ainsi l'art suprême de l'intelligence camouflée dans un drap de naïveté que seuls de géniaux initiés savent déceler, et donc, s'en rendre favorablement complice. Au point de vouloir non pas encourager l'art et les artistes, mais tout d'abord la galeriste.

Winston Brown relate à Zolotov que Po, en ce 2 juin après-midi, avait donc discrètement déposé une boîte sur le comptoir d'accueil de la Galerie Garcia, sans qu'on lui prête la moindre attention. Boîte contenant des textes, des schémas et quelques annotations, le tout constituant le legs ou si on veut, le manuel d'instruction de la *Toile invisible*. Boîte contenant pour ainsi dire l'œuvre elle-même. « Vous savez, monsieur le Russe, à peine quelques jours plus tard, la Galerie Garcia était déjà pleine à craquer, de son ouverture à sa fermeture, de plus en plus tard dans la nuit. »

L'accrochage de la toile s'était déroulé du jeudi soir au samedi matin et la Galerie Garcia avait reçu ses premiers visiteurs quelques heures plus tard, la *Toile invisible* étant ainsi lancée sans le moindre vernissage, mais avec une brève publiée dans la section Cultura du quotidien *La Vanguardia*.

C'est un autre article, toujours publié dans *La Vanguardia*, cette fois le samedi 13 juin, qui embrasa la plaine. Dans la section Opinión, un lecteur, Juan Perez, y écrivait entre autres ceci : « Une fois entré dans la Galerie Garcia, le visiteur peut se sentir surpris. Cette grande pièce aux planchers bien vernis, cette simple affichette sur le mur, note sur laquelle on peut lire : *"Toile invisible*, Barcelone. Juin 1992, Po." Un discret cordon de velours délimite la zone devant une distance aérienne d'une quinzaine de mètres. Derrière ce cordon et cette distance, un mur, aussi blanc que ceux autour. Du plafond, la lumière ne laisse place à aucune ombre. J'y étais donc. Après trois heures d'attente au pied des marches de la galerie, premier de cette file d'où déjà était perceptible la puissance du silence provenant de l'intérieur, à l'étage. Arrivé à destination, c'est d'ailleurs tout ce que l'on peut entendre : le silence. Un respect increvable, comme si chaque visiteur défilait devant la momie du Christ ou anticipait sa prochaine apparition. Cette impression de visiter le cœur de l'humanité, soit celui de sa propre conscience. J'ai vu pleurer, j'ai vu sourire, je parle ici de sourires sincères, j'ai vu des couples se prenant la main, j'ai vu des enfants cesser de courir net pour se recueillir, comme tous les autres. Derrière ce cordon de velours, devant la *Toile invisible*, j'ai parcouru la vie, pas seulement la mienne, mais celle des morts comme des vivants.

Jamais je n'aurais imaginé la possibilité d'expérimenter pareil instant d'intemporalité, pareille sensation d'universalité. »

Zolotov apprendra des années plus tard que ce Juan Perez, auteur de ces lignes publiées dans le courrier des lecteurs, avait en fait répondu à une commande d'une bonne amie, une certaine Julia Garcia, galeriste, planificatrice et marionnettiste à ses heures. Dans l'une de ses rares apparitions depuis l'été 1992, Garcia commente en 2012 dans le documentaire d'Arte consacré aux 20 ans de la toile : « Vous savez, une lettre d'opinion, ça sert tout le monde. On offre du contenu au journal, le journal publie. Si ça suscite de l'intérêt, tout le monde y gagne, le pupitre ne se pose pas trop de questions, ni sur la légitimité ni sur la provenance parce que tout le monde y gagne, alors... »

Toujours sur Arte, Julia Garcia explique combien l'évocation de l'image de la momie du Christ dans cette lettre de Juan Perez l'avait fait sourire. Elle avait pensé à ces momies que l'on peut visiter, comme celles de Lénine, de Hô Chi Minh, de Mao. Son père avait vu celle d'Eva Perón et son grand-père, celle de Staline. Ça causait souvent momies chez les Garcia. Toujours à propos de la métaphore de la momie du Christ, elle explique : « Le plus curieux, c'est de réaliser que plus on franchit rapidement les frontières de la raison, plus les gens veulent y migrer avec nous. Vous savez, la soif de magie sera toujours plus intarissable que sa source. »

En effet, durant cet été-là, Barcelone n'avait plus que deux sujets de conversation : les Jeux olympiques et la *Toile invisible*. « Merveilleux ! », déclare Juan Carlos à la sortie d'une visite privée. « Magique ! », lance Michael Jordan, ému aux larmes. « Du jamais vu ! », titrent en rafales critiques et chroniqueurs d'Espagne comme du monde.

Quelques-uns osent des bémols : « Connerie ou génie ? », questionne le chroniqueur du *Boston Tribune* normalement affecté à la couverture sportive. « Et puis qu'est-ce qui nous dit qu'il s'agit bel et bien d'un tableau ? » s'exclame interrogatif Vito Di Angello, futur ministre italien de la Culture, alors conservateur du Musée de Rome, jurant que « jamais cette horreur de *Toile invisible* ne se retrouvera dans nos murs ! »

Publiée à la mi-juillet dans le magazine ART&ARTS, référence internationale traduite en 32 langues, la critique signée Winston Brown avait allumé le brasier planétaire. Il y utilisait sans retenue les mots *génie*, *génial* et *divinité de l'esprit*.

Winston Brown tend des extraits de cet article à un Zolotov qui écluse tranquille un scotch qui l'est tout autant. Sa gorge lui rappelle vaguement une émotion rapidement étranglée, phénomène datant de la matinée. « Revoir Nijni Novgorod, c'est aussi quitter Barcelone », avait-t-il alors songé.

Le début de l'article de Winston Brown se lit comme suit : *La Toile invisible de Po : géniale comme dans génie. Par Winston Brown,* envoyé spécial à Barcelone. Je me rappelle mes plus grands instants d'amour auprès d'une Italienne de 14 ans qui s'était avec bienveillance assurée de bien nettoyer la conclusion de nos ébats avant de soigneusement m'aider à retrouver mes vêtements, éparpillés dans la chambre de ma mère. Alexandra m'avait ensuite prêté main forte pour me revêtir, replaçant soigneusement mes cheveux et l'étiquette à l'intérieur du col de ma chemise. Ce jour-là, j'avais 15 ans, Alexandra m'avait fait oublier la mort. C'est ce souvenir qui ressurgit devant l'œuvre qu'il m'a été donné ni de voir ni d'expérimenter, mais de ressentir, après avoir fait discrètement la file, d'abord devant, puis à l'intérieur de la Galerie Garcia de Barcelone, quelques heures avant de participer comme tant d'autres à cette procession artistique, anxieux de matérialiser du regard la création exposée au premier étage. L'artiste ? Po. Son chef-d'œuvre, unique, ultime, ultérieur à nos âges ? La Toile invisible.

Duchamp affirmait que le regardeur fait le tableau. Po prouve hors de tout doute le contraire de cette assertion, scellant ici tout début de débat : le tableau fait le regardeur. Dans son invisibilité, l'œuvre et sa proposition soumettent entièrement le regardeur à puiser à l'intérieur de sa propre expérience la définition, les paramètres et les contours du tableau. Chaque personne postée devant la Toile invisible est immédiatement livrée au vertige de ses désirs, de ses peurs et de ses rêves. Œuvre impossible à parodier alors que *tout le monde pourrait y prétendre, cette* Toile invisible *est inattaquable. Parce que s'attaquer à l'invisible, c'est s'attaquer à sa propre existence.*

Ainsi sans support, sans liant, sans ligne, sans direction, sans densité, sans rythme, sans couleur, sans expressivité, sans symbolique, sans cadre et sans canevas, la toile convie l'humain dans une dimension située entre l'air, les miroirs et la vie derrière. Une ligne si mince que de Vinci, Magritte ou Picasso n'ont jamais su la tracer avec autant d'humanisme, d'humanité, d'harmonie.

En 1996, quatre ans après sa rencontre avec Winston Brown, Zolotov trouvera à Nijni Novgorod une réédition mise à jour et publiée en russe du livre *Les contours de la Toile invisible*, ouvrage où l'on retrouve un extrait du testament laissé par Po, artiste décédé en 1994, homme aussi invisible que son œuvre, même après la renommée, le succès, la gloire, l'argent. Parce que tout ça, à cette époque, peu s'en faut que Po s'en fout.

Je vais bientôt mourir, écrit Po. *Je crois avoir appris davantage en lisant* Comment savoir téléphoner *que durant toutes ces années passées à enseigner dans les classes de beaux-arts à des générations d'étudiants obnubilés par tout sauf par l'art, affichant fièrement l'allure de zombies malades, l'œil possédé d'une insatiable quête d'attirances et de sensations fortes et d'évaluation constante de leur beauté et de leur place dans la vie, particulièrement celle des autres.*

Transmettez mes cordiaux adieux à tous ceux qui n'ont rien compris et ont rempli de millions de mots et de dollars cet espace invisible. J'aurais tant aimé que durant cet été 1992 à Barcelone, j'aurais tant souhaité, oui, que le visiteur continue de se taire, pour toujours, à sa sortie de la galerie. Tant pis, l'humain semble incapable de préserver le monde intact, inapte à se libérer de ses peurs d'enfance, celles du noir et du silence. Rien de mieux que les mots et les calculs mathématiques pour briser tout ça, pour prétendre aux vraies lumières.

Je ne suis pas un provocateur. Seulement, peut-être, la main d'une certaine esthétique, d'une forme d'expression que certains pourront se complaire à considérer comme l'aboutissement de l'art moderne. Mais ce discours, c'est de la chair à enchères, c'est de la poudre à beaux-arts, un mobile constitué de six milliards de têtes bien pensantes. On me qualifie de moderniste ? J'ai pourtant voulu offrir une œuvre dont la matière était antérieure aux représentations rupestres dans les cavernes, antérieure aux premiers hommes. Dans la nature, la part invisible de la matière est plus importante que la somme des océans, des villes et des montagnes.

Maintenant que le Voile noir se déroule sur moi, je rêve d'un Musée de l'air. Pas ceux que l'on connaît aujourd'hui, ces bâtiments où l'on expose des avions, des supersoniques, encore de la mécanique et du bruit. Aucune place pour l'air ni l'espace dans ces musées.

Non, un véritable Musée de l'air, au cœur de Barcelone. Ce tableau a été vendu bien en deçà de sa valeur et c'est attristant. Attristant que personne n'ait eu le réflexe de l'acheter avec de l'argent invisible. Non, il a fallu des tapis rouges et des Winston Brown. Puis ces interprétations, ces thèses et l'activation des engrenages de la richesse.

Il s'agit d'un tableau invisible, rien d'autre. Placez-le devant Le Penseur ou devant l'océan, mais foutez-lui la paix, cessez de le créer avec des mots, cessez de vouloir y appliquer de la couleur ou de la consistance, cessez de chercher à le cerner, cessez de vouloir l'encadrer. Alors la fortune, je l'offre à Barcelone, je l'offre à l'Espagne pour la construction du Musée de l'air. Que je souhaite érigé au large des côtes, directement sur la mer. Les plans et l'argent sont dans un coffre-fort de la Banco Santander, la clé et le code d'accès collés derrière les chiottes de mon appartement. Voilà. Adieu les hommes. Au fait, j'ai été incinéré et j'ai demandé à ce que mes cendres soient répandues directement dans l'incinérateur. Aussi, je vous le dis tout de suite parce qu'autant que vous le sachiez : la mort, c'est négligeable. On en fait tout un spectacle pour rien.

Julia Garcia sur Arte, en 2012 : « Au final, je n'ai jamais rencontré Po. Il m'a téléphoné à la galerie le mercredi 3 juin, au lendemain de la remise de la boîte qu'il avait discrètement laissée sur le comptoir d'accueil de ma galerie. J'avais lu plusieurs fois ses notes, d'abord surprise, puis par la suite fascinée.

Je crois avoir rapidement saisi que j'assistais à la pulvérisation, à l'éclatement des règles picturales laissées sur le sol par les plus avant-gardistes, ceux d'Espagne et du monde. J'étais très excitée, mais d'instinct, je préservais mon sang-froid. Au téléphone, j'ai donc fait comme à mon habitude, en disant que "ça pouvait m'intéresser", que je demandais "à voir". Je me suis excusée quand il m'a fait remarquer qu'il n'y aurait jamais rien à voir. C'est alors qu'il m'a demandé si je pouvais libérer tout le premier étage pour le consacrer entièrement à sa toile. Je lui ai dit que j'acceptais, bien que j'avais d'abord imaginé l'œuvre plus petite. Il m'a remerciée, ajoutant qu'il se chargerait de la livraison pour le lendemain. J'ai donc attendu une bonne partie de la journée. Oui, bien sûr, je doutais de plus en plus, alors lorsqu'en fin d'après-midi il m'a de nouveau téléphoné, j'ai tout de suite eu le réflexe de lui demander à quel moment son œuvre serait livrée. Po m'a alors répondu : "La toile y est. Depuis maintenant." Puis il a raccroché. Ce sont les deux seules fois où j'ai entendu sa voix. J'ai finalement vendu la *Toile invisible* en octobre, après deux années de pure galère, sans doute les plus intenses et oui, probablement, les plus heureuses de ma vie. »

La suite est connue. Julia Garcia a vendu la *Toile invisible* 64 millions de dollars en 1994 (record de tous les temps pour l'époque et jusqu'à présent en valeur absolue), à Antoine de Gaspière qui achemina depuis la

Suisse ce télégramme à l'attention de la galeriste : « Longue vie, madame Garcia. Je vous promets d'éternellement faire honneur à la mémoire de Po. La *Toile invisible* est désormais dans un lieu sécuritaire, pour toujours bien à l'abri des regards. »

À la suite de la vente de la toile, Julia Garcia songea quelques semaines à la manière dont elle réaménagerait le premier étage de la galerie après le départ de l'œuvre. Elle conclut qu'elle se devait de rendre un hommage éternel à la mémoire de Po, en y laissant la pièce telle qu'elle était depuis le départ du tableau.

Mais pour l'heure, dans ce bar d'aérogare, Zolotov ne sait que ce que Winston Brown lui a raconté et montré. Il y réfléchit, ne comprend pas grand-chose et de moins en moins, bien scotché au scotch. Zolotov connaît davantage l'art de l'histoire que l'histoire de l'art. Le cerveau composté, il se questionne, se demande s'il s'est trompé de voie, de route, de sentier, songe qu'il a peut-être raté son truc, sa vie et surtout, son avion.

Or, il serait bien imprudent de surestimer les prodiges de l'aviation commerciale russe : « Avis à tous les passagers du vol 421 d'Aeroflot en partance pour Moscou. Vous êtes priés de prendre note que le départ est retardé de trois heures. »

Winston Brown s'est quant à lui évaporé, avec ses notes, son enthousiasme, ses ambitions de livre, ne laissant sur le comptoir qu'une solide addition à régler.

Zolotov à Lyon

Lyon (France). Zolotov est en retard. Chapelet de raisons : tout d'abord, un appel un peu trop long à Carmélie. Puis un taxi, trop long à arriver. Puis à la gare, une file d'attente, elle aussi trop longue.

Mais pour l'heure, soit 9 h 06, en cette matinée de l'année 1999 à la gare de Lyon-Part-Dieu, le retard de Zolotov serait de bien petite envergure s'il pouvait se soustraire à son destin, soit celui de quitter Lyon dès que possible pour faire son entrée à l'hôtel Splendid de Montreux (Suisse), au plus tard à 17 h 30 afin d'y recevoir, à 59 ans, un prix soulignant ses qualités de professeur d'histoire, mais surtout, d'historien russe de l'histoire soviétique.

Mais en cette matinée, sur le quai numéro 4 de la gare de Lyon, Zolotov est en train d'assister, désœuvré, aux premiers mouvements rotatifs des roues favorisant la progression linéaire du longiligne engin ferroviaire en partance vers la Suisse. Engin dont la voiture numérotée 06 transporte un siège vide (place assise : 105 ; fenêtre : 01 ; duplex : en haut), siège dont le numéro correspond en tout point à celui imprimé sur le billet que Zolotov tient serré entre ses doigts, trop en retard, debout et haletant au bout du quai numéro 4, à se jouer en boucle ces deux phrases prononcées au téléphone par Carmélie, à peine une heure auparavant : « Je ne serai pas avec toi à Montreux, Ivan. Désolée, ma mère est trop malade. »

Cette journée débutait par vents contraires.

Depuis la chute du Régime, les historiens russes de l'histoire soviétique n'ont jamais tant eu la cote. De 1917 à 1989, le communisme à la soviétique terrorisait au point de rendre la moitié du monde malade. Puis comme ça, bing, du jour au lendemain, ce même communisme s'est muté en plaisant et pittoresque souvenir. Comme ce premier baiser redouté avant l'acte, et dont on évoque les effets avec bienveillance quelques décennies plus tard. « Un peu à l'image de ce que deviennent avec le temps Al Capone, Ronald Reagan ou le sida, de sympathiques crapules », songeait parfois Zolotov. Un peu comme si Darth Vader sortait de son personnage, accoutré en Tyrolien, tout sourire dans sa lederhose à bretelles, à gesticuler, à danser et, à propos du communisme, à chanter quelque chose du genre : « Mais re-ve-nez / Mes amis! / Tout ça / C'était pour ri-go-ler / Mes amis! »

Une première, donc, pour Zolotov, que la réception d'un aussi prestigieux prix, à titre d'invité de marque, alors que son discours de remerciement sonnera l'ouverture officielle de la conférence de l'Académie, « là où des historiens parlent à une assemblée d'historiens, qui vont tous se retrouver dans une autre ville l'année suivante, à la prochaine conférence. Là où ceux qui parlaient à la conférence précédente vont écouter, là où ceux qui écoutaient vont parler. Avec une rotation de remise de prix. Tu vois, c'est comme si au cirque seuls les membres des autres troupes pouvaient fréquenter les chapiteaux. Et ce soir, ce sera moi le clown principal », avait expliqué Zolotov à Carmélie.

Zolotov est toujours planté sur le quai numéro 4 de la gare de Lyon. Il est 9 h 10. Il a raté son train, mais il dispose d'amplement de temps pour se rendre à Montreux. Après tout, « il y en aura d'autres, des trains, c'est encore le matin et Montreux, c'est pas si loin ». C'est donc le pas bien péremptoire que Zolotov se dirige en direction d'un comptoir consacré à la vente de billets de trains.

Le préposé accueillant Zolotov :

– Écoutez, ce ne sera pas possible de prendre un autre train pour vous rendre à Montreux.

– Et pourquoi donc ?, questionne Zolotov.

– Parce que, voyez-vous, je dois maintenant annoncer que les syndicats de la SNCF ont déclenché, ça fera bientôt 60 secondes, une grève générale de 24 heures.

Le matin même, Carmélie avait dit à Zolotov : « Et puis, ce train ? Es-tu bien certain que la SNCF ne décidera pas de se mettre en grève ? » Ils avaient ri. Zolotov avait ri par réflexe, au fond déçu de l'absence anticipée de Carmélie à cette remise du prix de l'Académie. « Encore si près, encore si loin », se disait-il. Zolotov profite de sa présence au guichet pour s'informer.

– Combien de temps ça prend, un autocar pour Montreux ?

– Maximum trois heures, monsieur.

– Et les autocars, c'est où ?

– Juste en face. Écoutez, je dois maintenant faire ma petite annonce de grève générale...

Lyon. 9 h 25.

– Les réservations pour les autocars sont impossibles pour la journée, monsieur.

– Mais comment donc ?

– La grève de la SNCF, monsieur. Tout le monde a pris les places. Nous avons triplé tout ce que nous pouvions tripler, mais c'est peine perdue. On franchit des records et, depuis 15 minutes, c'est complet. Partout, pour toutes les directions. Si j'étais vous, je tenterais ma chance dans un centre de location de voitures.

Zolotov n'a pas conduit de voitures depuis près de 30 ans, essentiellement pour trois raisons : la paresse ; le choc post-traumatique d'un accident routier emboutissant la Volga M22 à moteur Perkins de son père, voiture tombée en 1963 dans la Volga en même temps que son seul ami Dimitri Mazunov et que Donera Tchoutchoumacheva, accident où il a pu, sans trop savoir comment ni surtout pourquoi, sortir des eaux et briser la vie de la désormais défigurée Lenara Tchoutchoumacheva; troisième raison, le culte obsessif, obsessionnel et obsédant de son défunt père pour sa voiture, usinée et assemblée dans la ferveur d'une fierté quotidienne constamment renouvelée par les membres de sa véritable famille, c'est-à-dire ses camarades directeurs et ouvriers de GAZ (pour Gorkovsky Avtomobilny Zavod, ou encore Горьковский автомобильный завод, ou en plus clair Usine d'automobiles de Gorki, fleuron solaire du complexe industriel de l'éclairant Régime soviétique).

En dépit d'une stature désormais rondouillarde, Zolotov se sent plus à l'aise à vélo. «Un cadre, un pédalier, une chaîne, un guidon, une selle, des freins», songeait-il parfois à propos de ses préférences en matière de transport d'humains.

Devant le guichet de la Société des autocars de Lyon, Zolotov s'entend prier devant le préposé : «Et Lyon-Montreux, à vélo? Ça nous fait combien de temps?»

Zolotov l'ignore, mais les services de location de voitures affichent de toute manière complet, tout comme la totalité des vols en partance de l'aéroport de Lyon-Saint-Exupéry, y compris tous les sièges de première classe, vendus à tarifs astronomiques par des sociétés aériennes emblématiques.

Les hélicoptères ont également été réquisitionnés par les plus rapides des plus riches. Et bien qu'il n'y ait pas encore songé, le trajet Lyon-Montreux en taxi indiquerait environ 3 000 francs – ou 400 de ces euros, devise en activité depuis quelques mois. Sans compter le coût des péages. La notoriété relative d'Ivan Zolotov s'accompagne d'aide et de fonds publics, généralement liés à la recherche et à l'enseignement. Fonds versés par divers États, rarement le sien. Si les dépenses sont payées, les salaires sont maigres. Donc 400 euros, « ce ne serait pas raisonnable », penserait Zolotov, dans l'éventualité où l'idée de prendre un taxi pour Montreux émergeait du tréfonds de ses réflexions.

Gare Part-Dieu, Lyon. Maintenant 9 h 43. Le soleil est puissant, mais la brise printanière encore fraîche, cadeau des Alpes voisines. Zolotov perd un peu la foi. Sa valise fatiguée, de faux cuir roux, est fort mal adaptée à la marche. Déjà vêtu pour recevoir son prix et prononcer son discours, Zolotov transpire. Il a beau utiliser son troisième œil, c'est-à-dire la caméra perchée en orbite géostationnaire au-dessus de sa tête, satellite retransmettant des informations sur son écran projecteur interne afin de l'aider à relativiser le bourbier actuel en qualifiant la situation de « plutôt cocasse » pour mieux protéger ses neurones en état d'alerte, et ce, dans une zone positive, il n'en demeure pas moins qu'à désormais 9 h 45, dans la cohue complète d'une gare bien paralysée – 150 000 utilisateurs chaque jour,

Zolotov ressent la pointe d'une certaine appréhension, soit celle de ne jamais arriver à temps à Montreux (Suisse).

Zolotov est assis sur sa valise. Il observe la congestion totale et les injures échangées pour cause de taxis trop rares. Paille au bec, il vide un coca, aspirant le mélange de résidus de liquide et d'air au fond d'une canette d'où s'exprime une série de slurps dont la sonorité se veut agréable et réconfortante. Puis Zolotov songe que « finalement, tout ça devient bien compliqué ».

« Bon. Il me reste sept heures pour arriver à Montreux. Abordé sous plusieurs angles, c'est pas si mal. » C'est ainsi que Zolotov conclut le cheminement de ses pensées, aspirant les dernières gouttes du coca dans sa paille avant d'enrouler le tube de plastique autour de son index, observant rêveur le déplacement à 20 mètres de son iris de « l'une de ces Françaises bien roulées, comme dans les films de cinéma français des années soixante, noir et blanc, trompette jazz, granulosité des images, granulosité des relations amoureuses ambiguës, et toujours cette proposition que tout est possible avec les Françaises, en Cinémascope ».

Zolotov ignore que cette « Française bien roulée » est Roumaine. Ana-Maria Stinghe (24 ans), fille de Nic Nicolo (82 ans), dresseur d'oiseaux du Cirque Volant. Pour l'heure, le rôle d'Ana-Maria est d'être suivie du regard par Zolotov et d'ouvrir la porte d'un commerce dont la devanture propose au professeur d'histoire l'inscription suivante : « Librairie chez Gérard de Part-Dieu ». Zolotov se lève et se dirige en direction de cette enseigne.

Seize minutes plus tard, c'est-à-dire le temps d'entrer et de ressortir de cette librairie-papeterie, Zolotov est toujours sur le territoire « de plus en plus sinistre et sinistré d'une gare de plus en plus lourde à porter, même du regard ». Le voilà de nouveau assis sur sa valise de faux cuir roux. À sa main, la canette de coca a été remplacée par un gros crayon-feutre, outil dont la pointe humectée d'encre noire glisse sur un épais carton blanc, et ce, dans le dessein de composer des formes logiques et aisément décryptables, formes dont la constitution finale ressemblera en tout point à l'alignement de huit lettres romaines bien majuscules : MONTREUX.

Et c'est ainsi que muni de cette affiche, Zolotov prend, certes à reculons, le pari de l'autostop.

Et c'est tout autant ainsi qu'il est ici permis de réactiver ce souvenir introduisant cette journée Lyon-Montreux, souvenir qui maintenant se déroule dans le futur, à savoir le moment où Zolotov se retrouvera bientôt passager d'un camion routier dont la semi-remorque transportera des oiseaux rares et précieux. Zolotov sera cloué dans la cabine de cette semi-remorque. À la frontière suisse. Plus précisément à la douane de Perly. Encerclé par une troupe de romanichels. Roumains.

Zolotov reviendra d'ailleurs sur ce futur souvenir dans son allocution au Splendid, résumant à 18 h 06 son aventure d'autostoppeur :

– Imaginez que pour rejoindre la route depuis la gare et ainsi amorcer à 59 ans ma carrière d'autostoppeur, j'ai rapidement dû emprunter, à Lyon, la rue du 4 août 1789 ! Puis la suivante, la rue Tolstoï ! Oh, et évidemment, ai-je besoin de préciser que Tolstoï a lui aussi déjà séjourné à Montreux ? Passé, lui aussi, et ce, 50 ans avant Lénine, plusieurs mois ici, au bord du Léman ? À ce chapitre, retenons bien ceci chers collègues : le Léman est russe ! Si russe qu'on serait à peine étonné d'y détecter un jour la présence de sous-marins ! La Suisse n'est pas neutre, non, elle est, tout simplement, russe. Et j'ajouterais qu'elle n'est pas encore prête à se soumettre à l'emprise de romanichels roumains.

– Et pourquoi donc ?, demande l'historienne polonaise Natalia Partyka.

– Vous connaissez le Cirque Volant, chère collègue ? Moi, avant ce midi, je dois admettre n'avoir jamais entendu parler de cette troupe dont le spectacle est offert par une centaine d'oiseaux dressés pour alimenter l'imaginaire et l'esprit.

Le Cirque Volant.

Nom tout désigné pour identifier ce commerce de divertissement aviaire, grand cirque familial commandé par Nicolaï Stinghe, dit Nico, dit Nicolo, dit souvent Nic Nicolo, mais surtout dit sur les affiches « Le Grand

Nic Nicolo, Dresseur et Dompteur d'Oiseaux». Nic Nicolo, romanichel roumain et
nomade de profession. Romanichel avec un
commerce légal. Il a tout vu, Nic Nicolo.
Même la mort, il l'a vue. Souvent, et tout
bien en face.

Le Cirque Volant

Voyons d'abord la généalogie de Nicolaï Stinghe, dit Nic Nicolo, dresseur d'oiseaux et romanichel roumain. Son père était dresseur d'oiseaux, tout comme son grand-père et son arrière-grand-père. Et ainsi de suite jusqu'au plus loin qu'il est précisément possible de se rappeler.

Nic Nicolo a toujours parlé roumain, tout comme ses ancêtres, tout comme sa fille Ana-Maria, née en 1975 dans une odeur d'essence et d'huile à l'arrière d'une roulotte motorisée rattachée au cortège du Cirque Volant. Il est établi que son père est quant à lui né dans une odeur d'urine et de crottin de cheval, en 1917 à Marseille, à l'arrière d'une roulotte rattachée au cortège du Cirque Volant.

La fin de la Première Guerre mondiale avait favorisé le retour sécuritaire sur les routes d'Europe du grand Cirque Volant. Rien à signaler hormis la mort du frère de Nicolaï Stinghe, « ce si bon petit Bogdan », tué par ses camarades soldats pour cause de désertion. Pour éviter aux tireurs tout regain d'émotion au moment de tuer un collègue déserteur, l'astuce consistait à recouvrir d'un drap blanc le déserteur, de lui imprimer une marque de peinture à la hauteur du cœur, question d'accélérer la visée, de cibler, puis de tirer sur la marque rouge. Ce n'est qu'après que les tireurs préposés au bon fonctionnement du peloton d'exécution savaient qu'ils venaient d'assassiner un déserteur et non un ennemi. Méthode aussi efficiente que simple pour refroidir une quelconque évocation de désertion les soirs où, impossible de dormir, bombes et balles pleuvaient dans un environnement de plus ou moins grande proximité. « Tout meurtre est fratricide », avait pensé Bogdan Stinghe quelques secondes avant de recevoir des rafales de poudre dans la peau, sans que ni la peinture rouge ni le drap blanc aient pu lui servir de bouclier.

Depuis plus loin que remontent les souvenirs, dans ce chapiteau aussi multicolore que rudimentaire constituant le Cirque Volant, les spectateurs assistent donc au ballet de ces oiseaux se déployant durant 75 minutes en mille couleurs, répondant avec précision aux commandes complexes effectuées depuis le milieu de la scène par une seule personne, toujours la même, soit le premier homme descendant de la lignée immémoriale des Stinghe, chacun reprenant le relais de l'autre le jour où cet aîné de lignage atteint pile ses 30 ans. C'est ainsi que Nic Nicolo, digne descendant direct de la lignée, avait en 1947 repris les commandes du grand Cirque Volant, et ce, jusqu'en ce jour de 1999 où lui et l'autostoppeur Ivan

Zolotov se rencontrent en bordure d'une autoroute lyonnaise.

Vues depuis les gradins cerclant l'arène, les chorégraphies complexes du Cirque Volant sont orchestrées au centre du chapiteau par Nic Nicolo, maître des élans et des amples gestuelles articulées par effets de tourbillons assurant l'envolée d'oiseaux, propulsion de feux d'artifice virevoltants, oiseaux répondant dressés aux commandes d'une longue et fine baguette de bois, peinte de rouge et de ce jaune d'or recouvrant les objets d'église : lumière, soleil et rayonnement. De quoi donner le frisson aux plus imaginatifs. Ainsi perché sur son autel de bois, prescrivant des envolées fougueuses tout en évangélisant la foule, le grand Nic Nicolo est aux commandes de ce ballet aérien relevant du quasi tour de sorcellerie.

La réalité est pourtant tout autre du côté de l'arrière-boutique : la difficulté réside essentiellement dans la capacité de préserver la santé et l'accouplement des oiseaux, et ce, malgré les incessants transports, certaines tracasseries frontalières ou encore l'évolution des saisons, incluant les variations de température, du trop chaud au trop froid.

D'autant plus que ces oiseaux constituent des espèces souvent très rares et pour certaines, carrément inconnues ou censées disparues. Cette lignée aviaire est tout aussi longue et perdue dans les temps immémoriaux que celle de leurs maîtres et protecteurs, les Stinghe de Roumanie. Oiseaux reproduits, nés, bichonnés et entraînés dans le cirque. De leur vie à leur mort, un curieux phénomène de génétique relevant de l'inconnu, de la chance et de la biologie interne est à l'origine de ce lignage de volatils quasi programmés pour leur mission sur terre, c'est-à-dire répondre à l'unisson, seuls ou en formation, à chaque élancement de la baguette d'or d'un Stinghe le corps planté sur un piédestal circulaire trônant pile au centre du chapiteau, les bras bien dansants.

Chaque chorégraphie est ainsi statuée et déployée en respectant une partition aussi rigoureuse que métronomique. Ainsi parle-t-on de solo, de duo, de trio, de tempo, de variation, d'accélération, de ralentissement, et même, de suspension passagère. Nic Nicolo compte dans sa tête (une-deux-trois, dix-onze-douze et hop, un-un-un), sachant que la baguette n'est utile que pour amplifier l'effet du spectacle, les oiseaux étant véritablement aux commandes des mouvements de la baguette et non l'inverse. Nic Nicolo doit donc bien se concentrer pour simuler, une fraction de seconde avant leur mouvement, ce que les oiseaux s'apprêtent à naturellement accomplir, fruit d'un entraînement géométrique assidu. Plus étonnant encore, les bêtes ailées se gardent en tout temps de franchir l'espace de la surface circulaire cernée par la première rangée de spectateurs, parant ainsi à toute probabilité que l'un d'entre eux y reçoive un gluant souvenir sur la tête.

En clair, les oiseaux savent y faire. Volage voyage amalgamant en dizaines de tableaux une prodigieuse série d'oscillations et d'ondulations, passant du largo au prestissimo, du larghissimo au vivacissimo. De sa baguette, Nic Nicolo maîtrise tout autant l'art du allargando (en élargissant), du rallentando (en ralentissant), du ritardando (en retardant), du accelerando (en accélérant), du a piacere (à plaisir), du ad libitum (à volonté), du più mosso (plus agité) ou du stretto (serré).

Le clou du spectacle se produit avec l'arrivée en escadrille de la totalité des oiseaux, fusant alertes depuis les quatre points cardinaux du chapiteau, se regroupant au centre pour se positionner à la verticale en faisant du surplace de manière à composer en trois dimensions l'image d'un aigle en vol. La masse constituée de tous les oiseaux effectue ensuite des rotations toujours plus rapides, pivotant jusqu'à ce que chaque spectateur puisse bien s'imprégner solide dans la rétine cette image éclatante de l'aigle, puis observer, à force d'accélération de la brigade colorée, l'aigle se transmuter en étoile.

L'autre élément complexe du Cirque Volant consiste à l'extraction de la syrinx de chaque oiseau, ceci à l'aide d'outils rares et d'une précision chirurgicale que seul Nic Nicolo maîtrise. Les oiseaux sont ainsi en très bas âge privés de leurs capacités de cris ou de chants. «Ça nuirait au business et ça foutrait un bordel cacophonique total», dit-on depuis toujours dans la lignée des Stinghe. Les oreilles des spectateurs n'entendent donc que le bruissement ou le claquement ailé des ovipares, battements dont le croisement et l'amalgame du rythme naturel de chaque espèce ajoutent au spectacle en constituant un élément percussif s'insérant savamment dans l'ensemble scénographique. Prenons par exemple le mode ritenuto (retenu). Certaines espèces battent la mesure en flapa-flapa-flap bien perçants et parfaitement bien rythmés, tout en traçant des huit autour d'une autre espèce d'oiseaux qui stabilisent leur immobilité dans l'espace en y allant de lents floup-floup... Floup-floup... Ce déplacement chorégraphique donne ainsi lieu à un jeu de couleurs et de mouvements allant du rapide flapa-flapa-flap (caisse claire) au lent floup-floup-floup (grosse caisse).

C'est tout ça, le Cirque Volant. La place des femmes? «Là où elle doit être!» C'est-à-dire, selon la mentalité de la lignée Stinghe (prononcé stinne-gué) jusqu'à ce jour, «dans les roulottes, à la billetterie, aux chaudrons».

Nic Nicolo a pourtant planifié autre chose pour sa seule fille, Ana-Maria, voulant non seulement la protéger du Cirque Volant, mais surtout, des préjugés de sa lignée «qui coupe les ailes des femmes». La mort de sa propre femme à la naissance d'Ana-Maria avait constitué la base de sa volonté de père et d'homme de lignage à briser ce cycle.

Alors que la petite Ana-Maria avait pile cinq ans, Nic Nicolo avait profité d'une tournée du Cirque Volant à Annecy (France), pour aller remettre sa fille entre les mains de Benjamin Rytz, directeur de l'École pour jeunes filles de Saint-Sulpice, établissement privé situé à un ourlet de Lausanne (Suisse). Nous sommes alors en 1980.

– Papa, pourquoi tu me laisses ici ?

– Pour que tu prennes ton propre envol Ana-Maria.

– Ce sera quand ?

– Je ne sais pas, canard.

– Tu reviendras quand ?

– C'est toi qui reviendras Ana-Maria. Tu ressembles à ta mère, tu comprends ? Elle détestait le cirque. Elle détestait les romanichels. Et je vais te dire, elle avait probablement raison. Regarde ici, petite, tu ne manqueras jamais de rien. Jamais. Promis.

Nic Nicolo avait ensuite refait le trajet inverse jusqu'à Annecy, roulant sans lancer le moindre regard furtif en direction du rétroviseur.

Dix ans plus tard, à 15 ans, Ana-Maria était une jeune fille modèle, fort douée dans toutes les sphères, celles des banalités et des faux-semblants en moins. C'est dans un McDonald's de Lausanne qu'elle avait alors démarré sa petite entreprise de conquête.

À cette époque, quelques observations l'amènent à conclure que la restauration rapide peut rapidement lui assurer une certaine aisance financière. Non pas qu'elle ressente un quelconque besoin matériel, mais elle est motivée «par la curiosité de voir comment peut fonctionner cette étonnante machine à faire de l'argent».

C'est ainsi que débutent les bases de sa réflexion. Elle écrit alors dans son journal : *Les gens sont des rétro-nostalgiques rêvant à la place qu'ils ne prendront jamais dans des nations chimères, qui non seulement n'existent pas, mais n'ont jamais existé ailleurs que dans les livres, les discours, les chants patriotiques et le canon des fusils tremblotants. L'argent apaise la peur.*

Ana-Maria croit alors qu'une fois la peur apaisée, les fortunés ont le luxe de calibrer leur conscience entre ce qu'ils «voient réellement, choisissent de masquer et choisissent de montrer». Dès lors, pour la fille de Nic Nicolo, l'idée de la peur doit invariablement amener les êtres à déformer la réalité, à brouiller le jeu, et donc, en partant de ce principe, admettre que jeu il y a, pour ensuite faire croire que tel jeu est préparé et scénarisé d'avance, laissant planer le doute sur un quelconque complot ou sur une intelligence supérieure, que les esprits les plus en détresse ne demandent qu'à croire, comme on s'accroche aux bouées, question de bien magnifier le destin des nantis, par opposition au sort irrévocable des démunis.

C'est aussi à l'époque de ses 15 ans qu'Ana-Maria Stinghe manifeste sa passion pour le Scrabble. Son premier succès sera attribuable au positionnement du mot

SYRINXS (un sept lettres au pluriel disposé à l'horizontale, croisant une case *mot compte triple* et complétant une verticale déjà fort payante. On parle de 179 points d'un coup, devant une Rachel Moret médusée et certainement en proie à une colère intérieure de très haute intensité.

– C'est quoi ça, *SYRINXS*?

– C'est ce qui permet aux oiseaux de chanter. C'est dans le fond de leur bec.

– Ah ouais?

– Ouais, tu ne me crois pas?

– Ça non!

Ana-Maria empoigna alors les extrémités de la planchette de Scrabble puis d'un seul et brusque mouvement, elle replia sec le jeu. CLAP! Fin du jeu! CLAP! Rachel Moret assista bien au ralenti au spectacle des lettres propulsées dans l'espace, déflagration de mots voletant confus dans les airs. Fin du jeu.

En 1990, le mur de Berlin est tombé depuis un an. Ana-Marie Stinghe, toujours 15 ans, est depuis quelques semaines caissière de week-end chez McDonald's à Lausanne (Suisse). Entrée par la grande porte, franchissant au passage la double arche jaune dorée sur fond rouge du capitalisme. La stratégie est simple : Ana-Maria cumule depuis l'enfance un petit pécule que Benjamin Rytz (directeur d'école et protecteur désigné par Nic Nicolo) lui remet chaque vendredi, au nom du père. Se procurer une bonne quantité de haschich, substance illicite plutôt populaire, est à l'époque chose simple. Avec sa bouille d'oisillon angélique, la naïveté au bec, le sens tactique dans la cervelle et la prudence au cœur, l'adolescente se retrouve à la tête d'un petit service de livraison plutôt bien réglé. Les clients se présentent au McDo, commandent « un spécial du chef pour emporter », paient comptant, repartent avec leur « joyeux festin » en sac, en plus d'un repas. Le gérant du service comptoir responsable des horaires d'Ana-Maria touche une petite commission, tout le monde est heureux.

L'adolescente reste bien sobre, exemplaire et abstinente. En tout temps. Toujours consciente d'avoir à se préserver, « même si je n'ai aucune idée ni pourquoi ni pour qui ». Tout comme elle se garde bien d'absorber un quelconque aliment issu des hauts-fourneaux de la grande marque planétaire rouge et jaune. Sa vision des affaires est la suivante : « Pour bien réussir, il faut d'abord créer un écosystème commercial fermé. »

Durant sa période de réflexion précédant son arrivée au McDo, elle remarque que bon nombre d'adolescents fréquentant les McDo fument du haschich en sortant du resto rapide, particulièrement l'hiver où tout est fermé après 20 heures pour ces ados en quête de sensations. Elle remarque aussi que plusieurs de ces ados fumeurs de haschich ont la psyché rapidement traquée par les affres d'une faim infinie, famine que seule l'ingestion de McDo semble assouvir, à grandes cuillérées de sel, de sucre et de gras.

Ana-Maria y va donc de son commerce les vendredis et samedis soir, horaire stratégique pour faire tourner à plein régime son petit écosystème commercial fermé. Elle s'accorde maximum 24 mois avant de se faire coincer, c'est pourquoi elle se promet bien « de faire un max de fric de ce trafic avant la fin de cette putain d'adolescence ».

Ana-Maria a certes un langage châtié, mais elle se passionne toujours autant pour le Scrabble, jeu qu'elle pratique désormais seule. Un soir, elle enfile les lettres constituant le mot *CIRQUE*. Elle revoit alors son père, devant elle à cinq ans. Lui, à cette époque, a déjà la soixantaine entamée, tellement grand et déjà si vieux, un grand-père en somme. *CIRQUE*. « C'est toi qui reviendras, Ana-Maria. »

Paravent à ses illégalités, ses bulletins scolaires sont alors meilleurs que jamais. Ces mois de bonnes notes et de commerce sont ponctués d'autres réflexions. Elle décide de ne jamais avoir d'enfants : « Cette image parfaite de plénitude, le rire, le soleil chaud surplombant une brise fraîche d'automne soufflant sur les joues rosies de l'enfant qui s'élance vers nous, les bras ouverts, ça n'arrive qu'une heure par année dans la vie et un million de fois par jour dans les publicités. Le reste, c'est du putain de problème. »

Elle observe que le McDo est également une plateforme où chaque semaine des centaines de parents séparés procèdent au troc des enfants en zone neutre, le vendredi après le travail, qui dans le stationnement, qui devant un carton de croquettes au poulet, le regard bien appuyé dans le contenant gluant d'une sauce bien aigre-douce, à ruminer le bilan de leur banqueroute parentale.

Autre réflexion, ici en marchant dans l'automne gris et humide d'une fin de journée lausannoise, au premier jour de ses 16 ans. Elle observe un sac de plastique virevoltant au vent. Montée, descente, turbulence, trou d'air, effet parachute, propulsion subite vers le haut, cerf-volant dépouillé de corde, cerf-volant relié au regard fixé d'Ana-Maria en direction de l'objet esseulé que le vent propulse jusqu'à sa destination finale, la pointe d'une branche à laquelle ce sac s'accroche. Ana-Maria laisse alors couler des larmes, émue par la solitude du sac désormais encagé entre les mailles du branchage. Elle pleure beaucoup. « Je frôle la déprime mentale », conclut-elle alors.

Ana-Maria entretient peu de rancœur envers quoi ou qui que ce soit. Au psychologue de l'école (c'est toujours bien vu, la consultation à l'école, cloison parfaite pour se soustraire aux cours d'éducation physique et de religion), elle dira seulement : « Vous savez, je crois que je commence à prendre conscience de l'évolution favorable de mon estime personnelle. Je réalise enfin que pour m'extraire de mes turbulences psychologiques, je dois m'imaginer la mort des autres plutôt que la mienne. Ce qui ne me donne pas pour autant des idées de meurtre. Mais putain, ça me fait penser que je devrais sans doute cesser de songer au suicide pour régler tout ça. Ben, tout ça, quoi ! » avait-elle dessiné avec ses mains, comme un grand cercle de bras autour de la pièce, autour du monde, autour de l'univers. Un geste large à la Nic Nicolo, au moment où il ramène tous ses oiseaux, chacun dans son cageot, à la fin du grand spectacle.

« La vie est courte ? Rien de plus faux ! Le problème est que tout le monde y croit, puis agit en putain de fébrile sur la base de cet incroyable mensonge ! », avait-elle conclu en fin de séance.

Au bout de deux années, Ana-Maria possédait environ 30 000 fois plus d'argent que le pécule cumulé durant les mois précédant l'activation de son commerce illicite au McDonald's de Lausanne. Car durant le ruissellement de ces mois de diaphane adolescence, Ana-Maria Stinghe avait élargi les contours de son empire en greffant à son écosystème commercial fermé une nouvelle division fort rentable. Comme entremetteuse.

Elle avait entendu parler – était-ce véritable, était-ce rumeur ? – d'Emma de Gaspière, femme de grande tradition, sang bleu suisse que les aléas de la vie courante contournaient. Née coulée dans l'or, nageant dans le diamant, l'esprit tordu, veuve depuis

cinq ans. On disait que de Gaspière rémuné-
rait de jeunes hommes en échange de leurs
services de jardinage et de travaux ména-
gers. Travaux non astreignants qu'ils de-
vaient cependant effectuer en situation de
complète nudité. Après plusieurs jours
d'enquête, Ana-Maria avait déniché un étudiant d'un lycée privé qui lui avait bel et bien
confirmé que oui, pour 1 200 francs tout
bien suisses, « la vieille tordue nous demande de faire le ménage, sans se toucher
ni nous toucher, juste pour regarder, comme
si elle lisait un livre, avec un sourire figé en
permanence sous le nez ».

Le pactole. Pour 48 heures, dans un état
de quasi-transe, l'adolescente plonge alors
dans les abysses de sa pensée pour bien se
pénétrer, à distance, de l'esprit de la de
Gaspière. Une fois remontée à la surface
de ses réflexions, elle conclut : « Cette de
Gaspière a trois enjeux : trouver du bétail,
renouveler le cheptel, ne pas se faire prendre.
Elle n'est pas folle. Sa perversion n'est pas
de vouloir humilier, mais de jouir par l'intérieur de sa putain de possibilité de pouvoir
humilier. »

Le samedi suivant, Ana-Maria sonne
chez la veuve. Un ding-dong bien riche, bien
profond, sans fausse note. Une heure plus
tard, l'adolescente ressort lestée d'un contrat
tacite bien ficelé : comme agente, elle recru-
tera parmi les fumeurs de haschich s'appro-
visionnant à son comptoir au McDonald's
de Lausanne, puis touchera aux quinze jours

20 % de la somme totale de chaque séance des travaux domestiques réalisés par ce chapelet d'ados nus.

Ana-Maria avait ainsi trouvé une source d'approvisionnement directe pour aider ses fumeurs de haschich à financer leurs achats toujours plus importants et toujours plus fréquents de drogue, grâce au système de divertissement de la de Gaspière, qui recevait chez elle de trois à quatre fois par semaine et qui remettait rubis sur l'ongle et en argent bien sonnant, une part de 20 % à Ana-Maria.

Ana-Maria avait inclus une clause supplémentaire au contrat la rattachant à de Gaspière qui, à en juger par la surenchère des tableaux accrochés aux murs de son grandiose manoir, faisait une véritable fixation sur Monet. Ana-Maria avait donc proposé à de Gaspière de dissimuler un appareil photo et de saisir le portrait de chaque jeune homme, puis de lui remettre les négatifs : « Dans 20 ans, ces photos de gosses de riches aujourd'hui en mal de sensations, mais qui deviendront des notables de merde, vaudront positivement une fortune colossale », avait alors songé une Ana-Maria Stinghe qui déjà voyait loin.

Un samedi où Ana-Maria était en visite chez de Gaspière dans l'objectif de lui expliquer le fonctionnement de l'appareil photographique dissimulé, elle avait questionné la veuve au sujet de cette si imposante quantité de Monet accrochés aux murs.

– Vous aimez la peinture, madame ?

– Oui, ma belle chérie. À vrai dire, j'aime surtout Monet. Et vous ?

– J'aime bien Dalí.

– Ah, vous êtes si jeune ! Moi je n'ai jamais aimé Dalí ! L'homme certes, mais le peintre, alors ici on repassera, vous ne trouvez pas, belle chérie ? J'étais enfant quand Dalí nous rendait visite. Très bon avec nous, plutôt drôle même, mais vous savez, déjà durant sa jeunesse, il avait ce mauvais talent de fréquemment nous apporter un de ses tableaux en cadeau. Ma mère était complètement désemparée, elle en devenait folle, vous comprenez ?

Chaque visite de Salvador nous contraignait à raccrocher chaque toile aux bons clous des bons murs, puis à les décrocher et à les rempiler dans l'une des chambres des domestiques dès les minutes suivant son départ. On ne supportait aucune de ses toiles. Mon si digne père avait dû tracer en très grand format les plans du château que nous possédions à Cadaqués. Imaginez, il devait photographier chaque tableau de Dalí accroché aux murs, puis coller ces photos sur le plan du château pour s'assurer de pouvoir chaque fois remettre les toiles à leur position d'accrochage initiale, tout ça pour assurer que Salvador ne remarque pas l'absence ou le changement de position de ses toiles à sa visite suivante.

Vous ne pouvez pas imaginer combien ce travail d'accrochage et de décrochage devenait lassant et fastidieux, d'autant plus

que Salvador nous visitait chaque fois chargé d'une nouvelle toile. Je n'ai pas connu les
camps durant la guerre, mais j'ai bien connu
ce type d'atrocité, vous savez. Cette menace
d'un Dalí à qui papa voulait à tout prix plaire
et épargner toute contrariété.

Zyklon. Chaque fois qu'Ana-Maria en-
tendait parler des camps, trop souvent pour
le peu d'intérêt qu'elle y portait, chaque fois,
elle pensait *Zyklon*. Une seule fois avait-elle
réussi à placer Zyklons sur la planchette de
Scrabble, alors qu'elle jouait contre elle-
même. Un Z, un Y et un K. Sept lettres sur
une parfaite ligne horizontale. Le Z soudé
au E complétant sur la verticale la fin du
mot Cache. Z posé pile sur une case *lettre
compte triple*, puis le total du mot Zyklons
comptant aussi pour triple, le S rencontrant
de surcroît la fin du mot Funèbre sur la
verticale. Total de 245 points. L'extase. Une
chance sur 148 068 689. « Les victimes,
après avoir été enfermées dans des salles
hermétiquement closes, étaient mises en
contact avec le Zyklon », avait-elle appris.
Pour Ana-Maria, ce Zyklon représentait ni
plus ni moins que le Graal du Scrabble.

De Gaspière continuait d'exposer ses
souvenirs de Dalí à une Ana-Maria menta-
lement prise entre les mots de son Scrabble
et les calculs mathématiques de sa petite
entreprise : « Imaginez belle chérie, l'une de
nos bonnes devait accomplir tout ce travail.
La regarder placer, enlever et replacer
chacune des toiles de Salvador m'épuisait.

À notre départ d'Espagne, vous comprendrez que papa n'en pouvait plus de ce manège incessant, il a donné tous les Dalí à Isabel, la gouvernante. Vous imaginez ce cadeau de poisons ? Cette pauvre Isabel contrainte de demander à ses deux frères de venir chercher une centaine de ces brouillons artistiques ? Elle nous a bien sûr remerciés, mais avec, comment dit-on déjà, des yeux de biche naïve. Je voyais bien que son regard simulait cette gratitude qu'elle tentait de nous faire admettre. Chose sûre, elle était bel et bien prise avec des croûtes insignifiantes ! C'est le seul moment de ce manège qui nous a fait franchement rire ! »

– Madame de Gaspière, je peux vous poser une question ?

– Bien entendu, belle chérie.

– Pourquoi vous payez ces jeunes hommes ?

– Mais belle chérie, si vous étiez moi, vous feriez pareil !

Durant cette période où l'adolescente s'adonne à son commerce en Suisse, le Cirque Volant bat de l'aile. Nic Nicolo, maître des oiseaux dans toute l'Europe, est un bien malheureux gestionnaire. Ne serait-ce qu'en raison des frais annuels liés au maintien d'Ana-Maria dans l'une des plus prestigieuses institutions du continent. À propos de ses rapports avec Ana-Maria, il maintient son cap philosophique : « Pas de communication avec la gamine. Jamais je n'irai la chercher. Je la reverrai quand elle arrivera.

Qu'elle fasse ses apprentissages et forge ses armures et même qu'avec de la chance, cette absence va lui fournir une sérieuse chiée d'enseignements. » Ainsi gambergeait Nic Nicolo, ignorant que quelques années plus tard, Ana-Maria épargnerait le Cirque Volant de toute potentielle faillite pour les 100 prochaines années.

Pour l'heure, le père d'Ana-Maria croit que « c'est plus vivant des parents absents, morts ou non, que des parents toujours collés au cerveau de leurs mômes. Dans le vivant, tout est prévisible, les mots, les gestes, les répliques, les répliques répliquées, même. Les morts et les absents, ils débarquent sans crier gare. Leur comportement est volatil et puis ça ne vieillit pas un absent. Assez qu'on finit par les rattraper en âge, à les dépasser. Pas que je sois Dieu, et je n'aurais même pas envie de ce boulot si le poste était ouvert, mais quand même, Dieu, c'est aussi la sale preuve que les absents n'ont jamais tort. »

Il est sans doute appréciable de noter, à ce stade-ci du récit qui nous ramènera bientôt sur les rails nous convoyant jusqu'aux liens unissant Zolotov au Cirque Volant, de noter donc la beauté hors-norme d'Ana-Maria. Comme si le lignage Stinghe avait rejeté le laid, puis fait converger tout le beau dans le corps d'une même âme. Tout ça malgré son âge, des vêtements à l'assemblage douteux. De la beauté dans son uniforme de lycéenne, de la beauté dans son uniforme du McDonald's de Lausanne, de la beauté dans l'uniforme de Mata Hari qu'elle enfile pour rencontrer de Gaspière et remarquer sur son chemin le regard et le comportement changeants des hommes (et des femmes) à son égard. Encore plus belle que sa mère. Et c'est précisément ce que redoute Nic Nicolo. Et c'est précisément ce qu'il n'est pas pressé de revoir : sa femme morte, incarnée dans la pulvérisante beauté de sa fille. Il a beau se raconter des histoires, la cause est bien entendue, et ce, depuis longtemps.

À l'occasion de l'une de ses visites chez la veuve de Gaspière, Ana-Maria lui demande :

– Je pourrais en avoir un, madame ?

– Quoi ?! Mais quelle idée ?! Mais bien sûr ma belle chérie ! C'est tout de même étonnant, mais vous êtes la première personne à me le demander et c'est bien la preuve de votre bon goût, et surtout, c'est à n'y rien comprendre, cela témoigne de la timidité ou pire, ce que je redoute plus que tout, du manque flagrant de sensibilité chez ces gens qui n'ont de cesse de me rendre visite ! Ni mes nièces, pas même le petit personnel n'ont jamais osé me demander un seul de mes tableaux ! Vous êtes très spéciale belle enfant ! Alors belle chérie, lequel de ces Monet vous plaît ?

Le samedi suivant, Ana-Maria repartait avec un Monet proprement emballé par les bons soins de l'un des adolescents de passage. Ainsi s'allongeaient les mois, qui eux se transformaient en années, n'en soyons pas surpris. Ainsi vint le jour de la dix-huitième année d'Ana-Maria, jeune adulte désormais libre de circuler et surtout, libre de se pointer le nez, avec tous les papiers nécessaires pour vendre le Monet à la Galerie Dogny.

– Sale petite garce !

– Mais madame ?

– Hors de ma vue !

La semaine suivant la vente discrète du Monet pour 12 millions de francs (suisses), la visiblement très bien informée de Gaspière, arborant une ample robe imprimée d'oiseaux tentant de s'échapper de leur trop-plein de couleurs vives, avait claqué la porte au bec d'Ana-Maria.

Seulement 72 heures plus tard, cette fois au téléphone, de Gaspière suppliait Ana-Maria de reprendre les rênes de ses entremissions. Alors le samedi suivant, Ana-Maria se rendit chez la veuve, bouquet de chrysanthèmes jaunes en main, un ding-dong de première classe au bout du doigt, prête à lui annoncer sa démission et à lui présenter la Ana-Maria numéro deux, « qui prendra le relais pour l'avenir, vous pouvez avoir entièrement confiance en elle ».

Se dirigeant vers la sortie du grandiose manoir, empruntant le boudoir que d'autres auraient qualifié de loft, Ana-Maria eut tout juste le temps de revoir le Monet qu'elle avait vendu aux enchères la semaine auparavant, tableau bien affirmé et bien accroché à son clou d'origine.

– Au revoir ma belle chérie, que la vie vous soit bonne !

– Au revoir, madame !

Trois mois à Paris. Été 1993. Au bout de deux semaines, Ana-Maria, blonde, avait coupé ses cheveux à la garçonne. « Les Parisiens ont un profond trouble psychologique à l'égard des femmes blondes aux cheveux longs. Insoutenable. » La jeune femme était bien entendu armée pour se défendre, mais à répétition, impossible. Trop belle pour Paris. Les pommettes saillantes, les yeux trop clairs, les dents trop parfaites et le nez bien retroussé. C'est durant ce passage parisien qu'elle avait juré ne plus jamais reporter de robes, tissu causant un intense changement de comportement chez les hommes. Elle vivra partout en Europe, en Afrique de l'Ouest et racontera toujours la même chose : « Les Parisiens entretiennent une putain d'obsession malsaine pour la grande blonde. Tu marches sur le trottoir, la bagnole ralentit, tu entends des choses innommables, la bagnole repart. »

Une amie lui avait dit : « Tu veux un truc ? Lève une charge lourde devant les mecs. Après, ils te fichent la paix. » Ana-Maria connaîtra la panique mentale, au Bélarus, où les rues de Minsk sont si larges et les immeubles sont si hauts. L'objectif à l'époque, commande de Moscou, était d'étudier le comportement des habitants évoluant dans un environnement hors de proportions où chaque individu se sentirait comme une fourmi progressant dans une immensité architecturale démunie de toute logique ou d'harmonie spatiale.

À Sofia (Bulgarie), Ana-Maria rencontre Sofia, son premier véritable amour. Rien à signaler, hormis que dès 1993, la jeunesse de la capitale bulgare est dans un état d'esprit bien dynamique : celui où chaque élément de sa jeunesse est tout juste de retour ou tout juste sur le point de partir vers quelque part. Une énergie intense de départs et d'arrivées, conduisant à une enfilade de fêtes perpétuelles.

À Sofia, Ana-Maria fume son premier joint, termine la soirée debout sur une table, le talon de ses bottes claquant sur la surface d'un buffet antique, la tête touchant le plafond, les amis claquant des mains, encourageant une Ana-Maria énergique, reine d'un flamenco bulgare. De retour en direction de l'appartement de Sofia au milieu de la nuit, titubant et piaillant boulevard Todor Alexandrov, Ana-Maria bien dans l'ivresse se retient d'une chute annoncée grâce à la solidité d'une clôture de bois ceinturant un chantier de construction. Elle hurle de rire. Sofia ricane aussi, la main devant ses dents. Redressant son corps, Ana-Maria retire ses mains de l'affiche collée à cette clôture, affiche annonçant : « Le Grand Cirque Volant à Sofia ! »

Le temps était venu de rentrer au chapiteau. Ce qu'elle fit subito, sans même retourner chercher son fourbi, éparpillé chez Sofia.

Avant ce jour où le professeur d'histoire et autostoppeur Zolotov en vint à devoir tenir en main un carton affichant *Montreux* sur le bord d'une autoroute lyonnaise, Nic Nicolo n'avait encore jamais vu d'auto-stoppeur sexagénaire, au demeurant bien portant, arborant veston-cravate et tenant, bancale, une affiche sur laquelle le maître du Cirque Volant eut tout juste le temps de lire *Montreux*.

Cette rencontre improbable s'est avérée à 13 h 05 alors que Zolotov savourait depuis quelques heures la douce euphorie de la désespérance, la pancarte molle dans sa main droite, animal immobile sur l'accotement du boulevard périphérique Laurent Bonnevay (RD383). Un camion routier traînant une semi-remorque s'est arrêté à plus de 50 mètres. Puis deux autres camions de même taille derrière, puis trois fourgon-nettes, puis quatre voitures, puis deux autres fourgonnettes. Série de véhicules stoppés comme les grains dociles d'un chapelet dont la croix constitue le camion de tête, celui de Nic Nicolo, dorénavant juché sur le toit de sa cabine, faisant des signes en direction d'un Zolotov qui, par effet de contre-jour, peine à percevoir les gestes du Roumain. Ana-Maria Stinghe, passagère de l'une des voitures, celle pile garée vis-à-vis la tête de Zolotov, ouvre sa fenêtre et dit à Zolotov :

– Nic Nicolo vous fait signe de monter dans sa cabine. Nous allons à Genève.

– Mais je vais à Montreux...

– De Genève, vous saurez vous débrouiller, je connais bien la Suisse.

Zolotov a la sourde impression d'avoir déjà croisé cette femme, « probablement une Italienne du Nord », pense-t-il, ayant oublié l'image de cette « Française bien roulée » aperçue à la librairie de la gare. Il traîne sa valise jusqu'au camion de tête dont la portière, déjà ouverte côté passager, symbolise à son esprit redevenu alerte, « les signes favorables de la fin de ce festival des contrariétés ».

Pour l'heure, c'est donc à bout d'épuisement, ayant depuis le matin marché « comme jamais » depuis la gare Part-Dieu jusqu'à l'autoroute, que Zolotov parvient dans un ultime élan d'énergie à propulser sa valise sur la banquette du tracteur routier que Nic Nicolo redémarre dans un ronflement de moteur et de fumée propulsée en courtes successions depuis les entrailles de la cheminée d'échappement, signal visuel d'un nouveau départ pour l'enfilade de véhicules immatriculés en Roumanie, caravane se dirigeant en direction de la Suisse.

Zolotov et Nic Nicolo
dans la semi-remorque

– **L**e Cirque Volant a traversé des guerres, des pays, des histoires invraisemblables, mais c'est la première fois que nous allons donner un spectacle en Suisse ! Vous imaginez ? Vous êtes Suisse, vous ?

– Russe.

– Ah ! Russe ! Je vois !

Le Cirque Volant emploie 43 personnes, essentiellement des techniciens, des responsables et des attitrés au montage du chapiteau, des gradins et de l'audiovisuel. Aussi, des coordonnateurs, des assistants-coordonnateurs, un maître de cérémonie, cinq Lăutari pour la musique, un soigneur d'oiseaux, un comptable, des préposés à l'entretien, deux responsables de la billetterie, une directrice de tournée. Et Nic Nicolo, chef de clan et romanichel roumain.

Or, malgré le fait qu'il emploie 43 personnes, Nic Nicolo roule toujours seul, trônant dans le camion de tête : « C'est pour rester bien concentré parce que, dans la semi-remorque, c'est plein d'oiseaux et que ces oiseaux, c'est du travail pour 43 personnes, la plupart membres de ma famille. Depuis d'éternelles générations, vous voyez ? Mais pensez comme c'est fragile ! Disons que dans une minute arrive un accident d'impact et là, boum! Tout s'envole! Je peux vous assurer qu'à 82 ans, je suis assez au fait de ma nature pour savoir que si je perds mon fonds de commerce en raison d'un accident, je préfère nettement, pour la santé de mon entourage, que ce soit moi qui sois au volant, vous comprenez? Je ne peux même pas commander à mon cerveau le pouvoir d'imaginer la capacité de survie de celui que je pourrais tenir pour responsable de la perte de mes diamants à plumes. Une valeur sans valeur! Aucun assureur ne pourra jamais remplacer plus de 200 années d'assiduité, de rigueur et de patience pour ces petits oiseaux, monsieur Zolotov. Parce qu'ils sont les mieux dressés au monde. Leurs ancêtres sont les mêmes que ceux dressés par mes ancêtres. Nous contrôlons notre propre petit environnement de génétique. À ce stade, les mettre en cage, c'est surtout pour la forme et comment dit-on, pour le bon usage. Les cages, ça facilite le rangement, la sécurité, c'est plus propre, ça prévient le vol, mais, juré, portes ouvertes ou fermées, aucune de ces 125 bêtes, petites ou grandes, ne songera à s'aventurer en dehors de leur petite prison d'oiseau sans mon commandement. Aucune!»

Zolotov ne connaît rien aux oiseaux. Il absorbe quelques noms: «Nous avons surtout des calopsittes, des perruches, même quelques charlets. Des petits, des grands, des oiseaux de proie aussi.» Nic Nicolo n'y connaît presque rien de ces oiseaux constituant des espèces beaucoup plus rares que celles qu'il range dans la catégorie des perruches. Nic Nicolo préfère se concentrer sur la manière de les animer et de les faire danser dans son chapiteau. « Nous avons aussi quelques pintades, des poulets et des cailles, mais ceux-là, c'est pour finir ici ! », annonce Nic Nicolo en se frottant l'estomac.

Épuisé, Zolotov s'endort, imperméable à l'atrocité sonore causée par une musique confusément western, sertie de lamentations incertaines émises par une chanteuse en pleine souffrance, que Zolotov juge grecque. Ses dernières pensées sont pour Carmélie, pour son absence, contre son absence. Aussi, pour son complet déjà froissé et légèrement odorant et, dans le brouillard ascendant du sommeil, pour la position confuse des aiguilles frondeuses en rotation derrière le verre de sa fidèle montre Raketa : 15 h 47.

Au bout d'un temps indéterminé, une odeur de cigare éveille Zolotov. S'y ajoute la perception que la cabine du camion exerce un mouvement semi-rotatif et gravitationnel inhabituel vers sa droite, le temps d'apercevoir l'enseigne affichant la bretelle Saint-Julien-en-Genevois. Du rétroviseur extérieur, Zolotov redécouvre derrière la semi-remorque la fidèle enfilade des véhicules du Cirque Volant.

Voici la cohorte du Cirque Volant aux portes de Genève, direction Genève-Perly, comme dans douane de Perly, entrée vers la Suisse, lieu offrant au visiteur attentif le panorama de jolis paysages, à commencer par une succession d'agréables sommets avoisinant les 1 000 mètres.

Nic Nicolo et Ivan Zolotov aperçoivent au loin les bâtiments de la douane de Perly. Nic Nicolo freine, laisse le moteur en marche, ouvre sa portière, descend de sa cabine, puis disparaît du champ de vision de Zolotov. Il réapparaît dans le rétroviseur extérieur, accompagné de son double, 59 ans plus jeune : « Monsieur Zolotov, je vous présente mon fils, Nico Nic Nicolo junior. Du bois de dernière génération ! Il surveille les oiseaux durant le transport, mais comme les humains sont interdits de voyage à bord d'une boîte de semi-remorque, il va passer la frontière dans la cabine avec nous, puis après, on va le ramener dans sa cage. Avec les cages ! Allez Nico Nic, monte ! »

C'est sans mot dire, pris en sandwich entre le présent et le futur du Cirque Volant, que Zolotov, mains posées sur ses genoux, assiste une fois de plus à la remise en marche de la procession du convoi circassien, cette fois sur à peine 200 mètres, le temps d'apercevoir l'enseigne « Douane – Perly » et de sentir le fougueux moteur rugir sous l'effet de la compression de la boîte de vitesse malmenée de main de maître par Nic Nicolo.

Le douanier (suisse) : Bonjour, que transportez-vous ?

Nic Nicolo : Des oiseaux.

Le douanier : Des oiseaux ?

Nic Nicolo : Oui, des oiseaux. Nous sommes le Cirque Volant. Éternelle génération en éternelle tournée européenne, pour l'émerveillement des petits et grands ! Nous allons présenter 16 spectacles à Genève et...

Le douanier : Des oiseaux ?

Nic Nicolo : Si, monsieur le douanier. Ce qui est plutôt pratique quand on parle d'un cirque dont la matière première est d'ailleurs constituée d'oiseaux.

Le douanier : Vous avez vos papiers de travail pour la Suisse ?

Nic Nicolo : Oui, monsieur le douanier. Et chaque membre du personnel qui me suit derrière a ses papiers, tout ça bien en règle, incluant les visas. Y'a que monsieur ici qui n'a pas ses papiers, mais c'est un Russe qui va à Montreux et...

Le douanier (qui semble chercher des indications précises dans le livre qu'il tient en main) : Quelles espèces d'oiseaux ? Y a-t-il des oiseaux exotiques ?

Nic Nicolo : Surtout des oiseaux exotiques ! Ce sont les plus colorés, les plus dociles et les plus appréciés. Vous laisserez votre nom à Ana-Maria qui conduit la dernière voiture, elle va vous trouver des places pour le cirque et vous pourrez voir tout ça par vous-même !

Le douanier : Vous savez qu'il est interdit de faire entrer des oiseaux exotiques en Suisse ?

Nic Nicolo : Oui... En fait non, je ne suis pas vraiment au courant et je comprends les règlements habituels, la revente, les maladies et tout ça, mais nous, enfin, ça nous arrive parfois avec les douaniers, comme l'an dernier en Suède, mais évidemment ils comprennent que pour donner un spectacle d'oiseaux volants, ça nous prend la totalité du personnel de base et ces oiseaux exotiques ne sont pas si exotiques parce qu'ils sont tous bien nés en Europe depuis des générations et même depuis au moins 150 ans.

Le douanier : Écoutez messieurs, je comprends que vous pourriez avoir d'excellentes raisons de croire à partir de maintenant que je suis venu au monde pour gâcher votre existence, mais comme je vous le dis, c'est impossible d'entrer en Suisse avec des oiseaux exotiques. C'est clairement stipulé ici et ici, et comme vous vous en doutez...

Nic Nicolo : Monsieur le douanier, vous avez raison de croire que je pourrais commencer à vous trouver désagréable et à déjà activer dans ma tête des images plutôt négatives. Aussi, je vous le demande poliment : est-ce possible de nous laisser passer, comme tous les pays du continent le font depuis 100 guerres, sans nous causer le moindre petit souci ? Ces oiseaux ne sont pas exotiques à proprement parler, ne portent aucune maladie, ils sont soignés, consignés et bichonnés mieux que la reine d'Angleterre. Aussi, je vous le redemande : est-ce possible de nous laisser passer monsieur le douanier ? Y'a 400 personnes, des familles, des enfants, qui ont acheté des billets pour chacun de nos 16 spectacles et...

Zolotov est de plus en plus agité. « L'heure avance et le temps se comprime. Tout ça continue de se compliquer », ressasse-t-il dans sa tête. Pour contrer un temps son agitation, il tente de penser à autre chose. Pensée qui le ramène au début de sa journée : « Étrange, tout de même, que la gare de Lyon soit à Paris. La France m'incitera toujours au tournis. »

Mais, ramené rapidement au présent, la seconde idée qui surgit alors à son esprit est de se laisser glisser à l'extérieur du camion, de franchir la frontière à pied, de relever sa pancarte « Montreux » ou de prendre « n'importe quel autre moyen de transport » afin de poursuivre « au plus rapide des possibilités » sa quête vers Montreux. Mais pris en étau entre deux Nicolo, il sait d'emblée qu'il n'est pas armé pour subir « l'assaut verbal qui fermente dans le cœur agité de Nic Nicolo senior ». En clair, Zolotov se sait contraint de faire preuve de solidarité à l'égard d'une cause qui ne lui appartient pas et qui pour l'heure, lui fait perdre de précieuses minutes.

Nic Nicolo (au douanier) : Vous voulez les voir, mes oiseaux ? Ils sont splendides, ils vivent dans des conditions impeccables. Je peux vous jurer que le contenu de cette semi-remorque, malgré ses 125 oiseaux, est plus propre et hygiénique que les laboratoires de recherche de vos sociétés pharmaceutiques. Mon fils Nico va vous montrer ! Va, Nico...

Le douanier (à Nic Nicolo) : Écoutez, monsieur, en ce qui nous concerne, ce n'est pas une question d'hygiène, c'est une question de règlement. Mon rôle est de faire respecter les règlements. C'est écrit noir sur blanc : impossible de faire entrer des oiseaux exotiques en Suisse.

Zolotov (qui tente une percée, avançant son visage en direction de la conversation) : Dites, monsieur le douanier, si je comprends bien, la règle stipule qu'il est impossible de faire entrer des oiseaux exotiques en Suisse, c'est bien ça ?

Le douanier : C'est bien ça.

Zolotov : Est-ce que le règlement précise s'il est permis de détenir des oiseaux exotiques en Suisse ?

Le douanier : Ah ça, je ne sais pas, mais pas besoin de lire le règlement, j'ai pas plus loin que chez moi deux superbes perruches. On en trouve partout, mais elles sont élevées en Suisse, vous comprenez ? Alors pour ce que j'en sais, ce n'est pas illégal d'en posséder, c'est simplement illégal d'en traverser.

Zolotov : Donc, si je comprends bien, n'importe quel oiseau exotique que je pourrais trouver en liberté en Suisse, si j'étais cent pour cent convaincu que cet oiseau n'appartient à aucun propriétaire, pourrait probablement être utilisé par monsieur Nicolo pour son Cirque Volant ?

Le douanier : Je ne vois pas pourquoi il ne le pourrait pas.

Nic Nicolo : Moi, je vais vous le dire pourquoi je pourrais pas ! C'est des milliers d'heures que ça prend pour dresser un seul oiseau ! Et je parle d'oiseaux nés pour être dressés ! Nés pour faire partie du Cirque Volant ! Alors vous imaginez l'enfer de partir à la chasse aux moineaux, avec mon filet à papillons, à parcourir la Suisse, à la recherche d'improbables oiseaux moins de 48 heures avant la première de notre spectacle ?

Zolotov (à Nic Nicolo, sans le regarder) : Alors ne serait-ce pas l'occasion parfaite pour réaliser le plus grand spectacle de l'histoire du Cirque Volant, monsieur Nic Nicolo ?

Le frère Nico Nic et la sœur Ana-Maria ouvrent les deux grandes portes ferrées et à battants de la semi-remorque, puis flanqué du père Nic Nicolo et de Zolotov, le quatuor rabaisse les grillages de la totalité des volières. Une fois fait, Nic Nicolo se perche dans l'entrée de la semi-remorque. Pareil à un chef d'orchestre, en quelques gestes larges du long bâton et par la saccade de coups de sifflets bien perçants, les oiseaux sortent de leurs cages et s'envolent en rang, filant de chaque côté des oreilles du maître-dresseur. « Allez ! Foutez le camp maintenant ! Du vent ! Et vive la Suisse ! », hurle Nic Nicolo, dirigeant sa baguette en mouvements d'amples vagues, prenant bien soin de se retourner pour plonger son regard armé de reproches dans les yeux verts du douanier stupéfait.

Au bout d'un moment, les oiseaux ont tous disparu, la semi-remorque est vide.

Nic Nicolo (de retour dans son camion, fait claquer sa portière) : Plus rien à déclarer, monsieur le douanier ! Plus rien !

Le douanier : Écoutez, vous pouvez passer maintenant... Je suis vraiment désolé pour tout ça, mais c'est la loi, et j'en conviens, la loi, ce n'est pas toujours aussi logique qu'on le voudrait.

Nic Nicolo : Pas de problème, mon ami, et n'oublie pas de demander une paire de billets à Ana-Maria, c'est la petite qui conduit la dernière voiture.

Hôtel Splendid : « Et c'est à ce moment que Nic Nicolo s'est retourné vers moi et m'a dit : "Monsieur le Russe, si votre plan fonctionne comme je le pense, tout ira bien pour tout le monde." Alors il a démarré le camion, nous avons traversé la frontière, arrêté l'engin, rouvert les portes de la semi-remorque et là, désormais perché sur le toit du camion, muni de sa baguette scintillante et prêt à montrer la voie à suivre, le geste large et la main haute, le romanichel a poussé des sons d'une longueur inouïe dans son sifflet, frappant du pied, tant de la pointe que du talon. Il s'était mû en chef d'orchestre fou, en transe, le geste voletant, accentué d'un je-ne-sais-quoi que le flamenco peut proposer de violent, de sec, de saccadé, donnant du talon sur la tôle du camion. Je distinguais son regard bleu criant et le reste de son corps, fondu en contre-jour, en mouvance devant le ciel, toute l'équipe du cirque debout derrière lui, sur le toit de la semi-remorque, à scruter les arbres et les montagnes à l'horizon.

Puis *rrrrrrrrrraaaaaaaaaaaan*! Comme si sa baguette était magique, c'est ici que j'ai assisté à l'étonnant spectacle d'un Nic Nicolo devenu magnétique! D'un Nic Nicolo pompant les premiers oiseaux, ici émanant des arbres, du ciel et des fossés, tous bien volant de chaque côté du poste-frontière de Perly. Puis d'un dernier geste signé par le grand Nic Nicolo, les oiseaux ont tous convergé, sans exception, comme aspirés par la boîte de la semi-remorque et l'énergie du grand maître des volatiles. Tous les oiseaux, les gros, les petits, les colorés! Chacun regagnant sa cage! Si bien qu'à la fin, il ne manquait plus un seul des volatiles et que 30 minutes plus tard, je montais dans un car en direction de Montreux.

Si cette journée est déjà très spéciale grâce à vous et à vos honneurs mes amis, elle m'aura donc aussi permis d'assister à l'un des plus formidables et hypnotisants spectacles de la nature. De la nature dirigée par la nature, en somme. Et c'est pourquoi j'aimerais trinquer à l'honneur des syndicats de la SNCF et du Service des douanes suisses, sans qui la mise en commun de leurs efforts m'aurait soustrait à la rencontre du grand Nic Nicolo et du privilège de voir s'imprégner à jamais dans ma rétine et ma mémoire le roi des oiseaux, bras battant l'air, maître-fleuriste d'un bouquet aviaire heureux de retrouver le confort de leur cage. Et tout ce cirque pour arriver en Suisse. Ah non, que dis-je, en Russie ! »

À ce moment, au fond de la salle, apparaissait la tête de Carmélie. Déjà dans l'extase de ses souvenirs et des honneurs, Zolotov sourit béat, puis dans un expressif silence d'impact, s'évanouit d'épuisement. En moins de 12 heures, Zolotov ne s'était jamais autant exclamé de toute son existence.

Monologue de Stolypine
dans son garage

Certaines choses semblent immuables, bien à l'abri de la force du temps qui circule à travers les siècles et les horizons. Comme le sang dans les veines fraîches du nourrisson ou encore, celles flétries du mourant. Ainsi en est-il du garage de Yiaroslav Stolypine, même en 2005. Et de Yiaroslav Stolypine lui-même, qui a survécu à sa femme (cancer), à ses deux fils (mort naturelle et Afghanistan). Qui a survécu à la chute de la Monarchie (1917) et à celle du Régime (1990). Toute une vie casée dans cette même maison attenante au petit commerce de réparation de voitures, maison enracinée au cœur d'un quartier d'où Stolypine s'est rarement éloigné, bâtiment tour à tour planté à Novgorod. Puis à Gorki. Puis à Novgorod. À Nijni Novgorod pour être plus précis.

Pour Zolotov, tout comme pour Stolypine d'ailleurs, nous sommes en plein après-midi d'un de ces doux dimanches d'août de fin d'été. De ces rares journées où le soleil est chaud, mais où l'air est frais. « C'est tonifiant », pense Zolotov, déambulant, songeur sur son vélo, longeant la bordure des trottoirs de Novgorod, roulant en direction du garage de Yiaroslav Stolypine, tous deux terrés (le garage et Stolypine) à l'ombre de la rue Rojdestvenskaïa.

Depuis bientôt deux mois, Zolotov est de retour de Suisse, sans Carmélie. « J'angoisse tellement à la peur de te perdre que je dois te quitter Ivan », avait-elle sentencié. Zolotov laboure un fond de nostalgie, arpentant la ville à la rencontre de ses souvenirs : des bâtiments, des amis, de sa famille, incluant, surtout à son âge, 65 ans, tout ce qui est disparu.

Les vides, les interstices, autant physiques que mémoriels. Comme l'espace de la chambre de ses parents, sans ses parents. Comme l'espace de l'ancienne école primaire, maintenant une absence d'école en face de l'espace de l'ancien Secrétariat des jeunesses communistes de Gorki. Une absence d'édifice, une absence de communisme, une absence de Gorki.

Zolotov n'a pas eu d'enfants. « Par accident », plaisantait parfois l'historien, pour mieux tracer des sinuosités autour de la question.

Voilà pourquoi on le retrouve à Nijni Novgorod, en 2005, « à humer l'air du temps présent », lui qui a passé « la majeure partie d'une vie mineure » le nez collé dans les mots et les images du passé, en qualité d'historien. « Le passé toujours abstrait, le présent si peu concret », pense Zolotov. « L'ennui est un art qu'il faut distiller en fines réflexions. On doit s'y plonger avec délectation pour que l'ennui traverse notre âme sans avoir à nous transmuter en nostalgiques, sinon, pire encore, à ressembler à l'ombre d'un épouvantail inapte à semer la crainte à l'égard des volatiles de la mélancolie, ceux qui rôdent en rêve au-dessus de notre crâne. »

C'est dans cet élan du présent que Zolotov va donc, en ce dimanche tonifiant de fin d'été, prendre des nouvelles du garagiste Stolypine. Et de ce fait, d'un certain monde. Échanger avec un acteur de son enfance. Zolotov sait que Stolypine sera là. Bien là. Prêt à ranger ses outils pour converser, à sens unique, « pur style Stolypine, même à l'époque de papa, jamais moyen de placer un mot, toujours à disserter, pire que Castro ». Stolypine sera là, oui. Il rangera ses outils, sèmera au passage de ses propos les grenailles de souvenirs épars, que Zolotov verra refleurir. Au cœur de son cœur.

Stolypine a 93 ans. Toujours droit, le corps comme deux aiguilles signalant midi. L'Empereur du temps l'a oublié dans son garage. Mais il est faux d'affirmer que Stolypine est toujours parfaitement droit. À titre d'exemple, au moment où Zolotov pénètre dans le garage, Stolypine est courbé, la tête sous le capot ouvert d'une Volga, ancien modèle.

Stolypine tend les bras : « Mon petit Ivan ! Monsieur Zolotov ! Mais regarde cette barbe ! Notre éminent historien se prend désormais pour Karl Marx ? » Stolypine est alerte. Alerte et de surcroît, fidèle au garage, son éternel passe-temps, même le dimanche. Il reconnaît

Zolotov au même titre qu'il saurait sans doute reconnaître l'un de ses deux fils après 20 ans d'absence. Toujours bien vif. Curieux de tout et parfois même de rien. Comme si, depuis la fin du Régime, il avait voulu rattraper le temps. Comme s'il cherchait encore à se forger des visions d'avenir. « Tu vois cette voiture Ivan ? Regarde, c'est une vraie Volga, époque soviétique... Pas ces merdes d'après 1990. Et surtout pas une de ces merdes de Lada ! »

Dans une paire de demi-heures, Zolotov quittera le garage pour regagner à vélo la bordure des trottoirs de Nijni Novgorod. Il songera à la prophétie faite un jour par son père : « Retiens bien ceci, Ivan, tu verras, le camarade Stolypine, il va tous nous enterrer. Tous. Même tes enfants. » À certains égards, « les 93 ans de Stolypine font plus jeune que mes 65 ans », pense en ce moment Zolotov.

Le garage. Certaines odeurs n'ont pas changé depuis l'enfance : cuir, cambouis, carburant, caoutchouc.

Zolotov s'y revoit, jeune, en compagnie de son père qui venait y faire réparer ses voitures. Entretien, changement de pièces, pose de pneus pour l'hiver, « odeur d'huile et souvenir de père ». Un transistor en sourdine, dont le crachin sonore semble émaner, en écho, des pores du béton. Et le bruit des mécaniques : « Un jour, Ivan, ce sera toi le grand ici, avait dit son père. Tu viendras voir Stolypine avec ton fils, alors que je ne serai qu'un paquet d'os, pareil à ces VAZ au cimetière des ferrailles ! Et Stolypine y sera toujours, car le camarade Stolypine est aussi immortel que le Régime, Ivan. Immortel ! »

Son père, il s'en souvient, était toujours un peu embarrassé d'y faire réparer sa Volga, « pourtant la plus fiable au monde », sa Volga construite chez GAZ – Gorkovsky Avtomobilny Zavod, ou encore Горьковский автомобильный завод, ou en plus clair, Usine d'automobiles de Gorki –, fleuron industriel de la région, et de beaucoup plus loin encore.

– Alors, cher Stolypine, quoi de neuf ?

– Le Régime, Ivan ! La fameuse fin du Régime qui devait nous libérer de tout et qui au final emprisonne tous ces gens, là, tous, dans les rouages perpétuels du désir inassouvi ! Rien n'a changé depuis la fin du Régime, Ivan. Rien. La même prison qui change de nom !

Regarde Ivan ! Et je me moque bien de savoir si tu acceptes, s'ils acceptent cette réalité. Seulement, ce que je te dis, c'est qu'un jour, et ce jour c'est peut-être maintenant, les mères ne seront plus que les rouages d'une chaîne de montage destinée à engendrer et à parfaire des esclaves dotés d'une tout autre intelligence. Alors que dans sa fameuse quête du parfait il a cherché à perforer les mystères de la machine, de la technique et du technologique, l'homme termine sa course en se moulant par mimétisme aux comportements de la machine qu'il aspire à inventer ! Il devient le robot qu'il voulait créer pour justement s'affranchir de son

propre statut! Vois-tu ça, mon bon Ivan?
Un consommateur-robot!

Vois alors comment le dieu de la peur et
du divertissement brandit le spectre de
l'appauvrissement individuel et collectif. Il
brandit le spectre de la guerre alors qu'il se
suicide à petit feu en brûlant le sol et la mer,
pour se nourrir lui-même, mais surtout,
pour préserver ses adeptes. Il évite, con-
tourne la vraie source du déficit mondial à
venir, le déficit fatal, Ivan, le pourrissement
intellectuel, philosophique et culturel. Sans
ça, nul progrès du politique, de l'économique
ou du scientifique. Fin de la pensée, de la
réflexion, du désir, d'une véritable vision et
pas seulement la vision globale, mais surtout l'intemporelle, la seule qui développe
l'humain.

Et vois Ivan, comment le monde s'unifor-
mise et s'aplanit. Résultat? Il dort! Dormir
avant de mourir. La belle vie! Faut vraiment
être con, Ivan! Trépas qu'on s'évertue à
repousser, en quête de toutes ces petites
recettes de jeunesse. Madame l'Existence,
donnez-moi quelques minutes de plus, je
suis tellement indispensable! Et on se demande bien pourquoi il cherche la jeunesse
ou son éternité, si on pense au suicide au-
quel il collabore chaque jour. Toi, moi, eux,
nous, tous, oui!

Alors qu'enfin nous avons reconnu,
touché... Je veux dire, alors que nos ancêtres,
jusqu'aux parents de ta mère, sont morts
pour qu'enfin nous puissions reconnaître

les frontières du pire pour nous en affranchir et construire un meilleur en expansion, de plus en plus juste, déchargé du poids de l'histoire et de la bêtise de l'homme-animal, eh bien que fait l'homme ? L'homme s'endort. Plouf, Ivan ! Dodo ! Devant un écran, au bout de sa cigarette, le nez plongé dans son verre de vodka. Sa pensée ? Vendue dans *Apprendre 125 philosophies en 125 pages ! L'histoire universelle en 125 secondes !*

Et ça va aider à la construction d'une école à l'autre bout du monde, peu importe si de l'autre côté de la rue, ici même, Ivan, des enfants crèvent la misère. Et plus énormes sont toutes ces foutaises, plus puissant est le consentement collectif. Beau programme, non ?

Non seulement l'homme s'endort, Ivan, mais il ronfle ! Je les vois, bien rassasiés, repus, satisfaits ! Vidés de la liberté de choisir et de penser. Vidés, mais participants actifs, heureux, consentants au viol transcollectif de l'humanité ! À prendre la pose en affichant des postures de mines réjouies et souvent, même, attendrissantes. Bien entendu, l'homme sait adopter des postures de compassion. Je dis bien posture, puisqu'il ne ressent déjà presque plus rien, épuisé, vidangé de tout ce qu'il arrive à remplir en une seule journée. Un consommateur-robot qui sait tenir la pose. Et qui pose bien ! Capable d'imiter ce qu'il voit, ce qu'il entend, capable même de croire ce qu'il dit et ce qui se dit !

Il ronfle, Ivan. Endormi sur un tapis volant qui tourne en rond, au-dessus de ce que pourrait être sa réalité. Mais espoir, mais grâce au ciel, ou encore à je-ne-sais-quoi, il existe des esprits lucides! Prêts à se sacrifier à l'autel du capitalisme pour renouer avec les vraies valeurs, même si l'on ne sait vraiment jamais de quelles valeurs ils causent! Morales, philosophiques, intellectuelles, psychiques, physiques, personnelles ou collectives? Mais ils sont là, oui Ivan! Bien là, prêts à nous sauver, à nous laver, à nous bercer... À nous rendormir, en somme, eux aussi! Pareils aux Lada, Ivan. D'ailleurs, tu sais comment on appelle une Lada au sommet d'une colline? Un miracle. Deux Lada au sommet d'une colline? De la science-fiction. Et plus de deux Lada? C'est tout simplement qu'ils ont décidé d'y construire une usine de Lada.

Et maintenant toutes ces histoires de consommer la production locale. Encourageons les commerces de Novgorod, qu'on entend partout! C'est vertueux, c'est bien moderne. Nous devrions offrir les honneurs nationaux suprêmes à tous ceux qui pratiquent dans l'allégresse le commerce local, non?! Seulement, mon problème n'est pas situé dans les sphères du mot local mais bien dans les hauteurs du mot qui le précède, *consommation*. Mon troisième téléviseur peut avoir été confectionné à la main, durant quatre ans, par un artisan résidant dans la rue derrière le garage, le problème, c'est l'appétit et le besoin de ressources, humaines et matérielles, nécessaires à la production de cette troisième télévision. La soif de s'enivrer de biens Ivan, accompagnée de la perpétuelle illusion que rien, jamais, ne peut étancher cette soif. Soif d'élargir ses espaces, soif de garnir les conversations affichant l'étendue de ses propres trésors! Et pas seulement ses trésors passés, mais encore, et même surtout, ses trésors à venir, la fortune anticipée! Le problème, c'est l'appétit de l'objet Ivan, la drogue par l'objet, qui surpasse de bien loin la situation géographique de son fabriquant.

Ça me donne le vertige. Ton père aussi aurait le vertige, tu sais. Un vertige presque aussi puissant que celui qui m'afflige lorsque je réfléchis trop longtemps à notre état de petit animal microbien, qui s'active, frénétique, puis meurt, un millionième de seconde après sa naissance sur un immense vaisseau sphérique en mouvement, en déplacement dans un espace où la Terre pivote à plus de 1 500 kilomètres-heure, tourne autour du Soleil à 100 000 kilomètres-heure à l'intérieur d'un système solaire qui se déplace dans la galaxie à plus d'un million de kilomètres-heure et qu'on parcourt ainsi vingt-quatre millions de kilomètres par jour.

Ça me donne le vertige, mais le véritable vertige, Ivan, c'est bien de voir que depuis des millénaires, cette consommation soutenue par un capitalisme tanguant au gré des humeurs et des mouvements politiques, économiques et technologiques, continue de régner en recourant aux mêmes modèles ! Tu te rends compte Ivan ? Le même modèle !

Tu trouves pas que ça en dit long sur la curiosité, le désir et l'envie, non ? Sur ces vies fondées sur la suprématie écrasante de la richesse au détriment de la pensée, allant même jusqu'à attribuer aux puissants des capacités ou des pouvoirs quasi magiques en matière de réflexion et de vision ?

Mais je sais que je ne t'apprends rien, Ivan. C'est d'ailleurs ce qui me fascine plus que tout : tout le monde sait, mais à force de glacer les cœurs, de quémander la joie et un plaisir aussi immédiat qu'inlassablement renouvelé par ce nouveau Régime fondé sur un principe de surstimulation empirique, ça se complique.

L'homme est prisonnier, Ivan. Et peut-être même davantage depuis la chute du communisme, parce qu'au moins la peur du pire plutôt que le rêve du mieux, ça nous faisait un peu réfléchir à notre état d'humain. Au futur à forger, au présent à protéger. Pardonne-moi, mais je me demande parfois si l'homme ne serait pas, surtout, esclave de sa quête de liberté.

Je sais bien que pour vivre, on a besoin d'eau, de terre, d'air et de feu. Mais pourquoi ce besoin de se procurer l'illusion de vivre, pourquoi cette quête de magie, de miroirs et d'inaccessible ? La magie, Ivan ! Toujours ! Les lumières, les sons, les voyages, les vedettes, l'imploration de l'infiniment petit et de l'infiniment grand! Toujours davantage de tout, et *tout* encore davantage! Et pour *toujours*!

Un manège aussi vaste que le monde, sur lequel on s'agrippe ferme, où ça monte, où ça descend. Et où ça remonte! Tu te souviens de la Terreur de Gorki? Comment debout, tout autour, s'alignait la pauvreté dans la file d'attente, tous espérant pouvoir monter à bord avant la fermeture de la foire? Tu ne voyais pas ça, tu étais gamin, mais c'était comme maintenant.

Alors après tout ça, oui, moi j'ai le vertige quand je me rejoue à grande vitesse l'évolution de l'humanité. Tu sais, les vrais débuts, ces protozoaires qui se transforment en poissons, ces poissons qui se font pousser des pattes pour aborder le rivage, cette variété de plantes, d'animaux, ces cycles qui ont naturellement fondu, puis repris de la vigueur, le parcours de la Terre, avec ses gigantesques cataclysmes, puis l'évolution de l'homme, ses essais, ses erreurs, ses splendeurs, ses inventions, sa progression, tout ça, oui, des millions d'années! Et quand je me rejoue ce film en accéléré et que j'arrive jusqu'à notre civilisation, maintenant, ici, je me dis, affolé, *tout* ça pour *ça*? Vraiment? Tout ça pour ça? Ce supposé paradis rafistolé comme une vieille bagnole qui crache de la fumée bien noire? Pour offrir à notre civilisation du pain et des jeux, du sexe et du sang, idéalement celui des autres, et idéalement à l'extérieur du voisinage, pour pas que ça entrave la quiétude citoyenne !

Tu es professeur d'histoire, alors toi tu creuses le passé, ses forces, ses faiblesses, ses hasards, ses actes de ruse autant que ceux, plus nobles, dictés d'abord au nom du cœur et de l'esprit, de la quête, et pas seulement de la conquête. Mais dis-moi, Ivan, as-tu vu dans toute cette aventure humaine, millénaire, même entrevu, une quête si effrénée de positionnement social ?

Je me rappelle bien de toi gamin, puis je nous revois maintenant : en somme, rien n'a changé. Pourtant... Pourtant, on transmute la quête de biens en celle du bonheur, mais encore ici en usant des mêmes outils. Quantifier, doser le bonheur et le malheur, pour ensuite le superposer à un comparatif, à savoir évaluer le degré de bonheur des autres pour mieux comprendre le sien. Identifier sa position dans l'échelle du bonheur.

Le miroir produit le reflet de ce que nous sommes. Selon la lumière et le sentiment du jour, on le fait ou on le cherche, par et pour ce qu'il présente et représente. Comme des miroirs performants, qui posséderaient la qualité de nous renvoyer d'abord une image magnifiée de ce que nous souhaitons être, puis, par effet de répétition, de transformer en réalité la perception que nous tentons de créer.

Et je t'épargne ici tout ce qu'on pourrait dire des grands miroirs surplombés d'armoiries personnalisées sur lesquelles on peut lire « Ç'aurait pu être moi », ou encore « J'aurais dû », ou encore son cousin plus subtil, mais combien plus rusé, puisqu'il suppose la retenue volontaire d'un pouvoir, retenue exprimée comme la fronde d'une capacité délibérément esquivée : « J'aurais pu, mais ! »

Et je t'épargne aussi le miroir des misanthropes, qui n'aiment personne et son contraire, incluant eux-mêmes, quoique pas toujours, si tu me suis Ivan, car eux-mêmes ne peuvent se suivre, bref tous ceux qui se complaisent dans le miroir de leur solitude au milieu des autres.

Je vois d'ici la surmultiplication et le dédoublement de la puissance de cette mise en abyme Ivan. Qui frôle la mise en abysse, si tu veux mon avis. Lent suicide que tout ça, Ivan. Le bonheur. L'inaccessible. Rêver, atteindre l'impossible ! »

Zolotov, perdu dans ses rêves et réflexions, ne dit mot. Le garagiste Yiaroslav Stolypine se tait, regarde le sol, masse sa nuque : « Désolé, Ivan, on a peu d'occasions de parler dans ce garage. Y'a que le dimanche, comme ça, comme aujourd'hui, où j'ai encore un peu de temps. Et puis c'est pas tout le monde qui vient, et c'est pas tout le monde qui écoute les propos d'un vieillard à qui la mort échappe. Quand j'ai repris les affaires du garage après trois ans comme titulaire à Lobatchevski, j'ai bien dû garder pour moi ces idées, tu vois. Et puis, la fin du Régime... Maintenant c'est bien, quand même, non ?

On peut exprimer ses idées. Seulement, y'a plus personne pour les entendre. »

Puis Stolypine rejoue pour Zolotov une vieille blague soviétique que l'historien avait soit oubliée ou jamais sue. « Écoute celle-ci Ivan, c'est Léonid Brejnev, durant son règne, qui enfile un déguisement, puis entre incognito dans une usine pour connaître l'opinion de l'homme de la rue à son sujet.

Le Brejnev déguisé s'approche d'un ouvrier et lui demande : "Que penses-tu de Brejnev ?" Nerveux, l'ouvrier pivote la tête, s'assure que personne autour ne peut l'entendre, puis murmure à l'homme dont il ignore la véritable identité : "Les murs ont des oreilles, camarade. Ici, c'est trop dangereux de te confier ce que je pense réellement de Brejnev. Attends-moi à la sortie de l'usine et à ce moment-là, je pourrai te répondre."

Alors Brejnev joue le jeu et attend l'ouvrier, qui se présente comme convenu à la sortie de l'usine. Mais sans même demander son avis, l'ouvrier entraîne Brejnev en retrait des autres. Brejnev repose sa question : "Alors, camarade, que penses-tu de Brejnev ?", mais, toujours aussi nerveux, l'ouvrier continue d'exiger silence et prudence. Il agrippe le président par le bras, le guide sur une avenue, puis dans plusieurs petites rues, plonge dans quelques ruelles, se retourne parfois, toujours par souci de précaution.

Brejnev commence à se demander s'il n'aurait pas été démasqué. Surtout, il se demande s'il n'aurait pas été transformé en

victime inconsciente d'un véritable kid-
napping. Après 40 minutes de ce manège,
Brejnev et l'ouvrier arrivent aux limites de
la ville, plongent dans une petite route, qui
elle-même mène à un petit sentier débou-
chant sur une clairière sauvage. Arrivés à ce
point, l'ouvrier s'approche de l'oreille du président et lui chuchote : "Tu sais, camarade,
moi Brejnev, je l'aime bien." »

Stolypine sourit, sentant en lui s'égoutter
la marée basse de quelques vagues à l'âme.

Zolotov, lui, reprend son parcours à vélo
le long des trottoirs de Novgorod. « Ce
Stolypine est increvable », pense-t-il. Puis,
pareil à une image sortie de nulle part, court
métrage projeté sur un drap battant au vent,
un souvenir émerge : ce même coin de rue,
cette même perspective, ce même soleil. Le
30 août 1949, « un mardi », lui, petit Ivan,
seul, enfant à Gorki, quelques jours après
cette vision d'horreur dans le parc d'attractions de la Gorki communiste – un employé
mort, frappé par le wagon de tête des montagnes russes, la Terreur de Gorki.

Ivan Zolotov, au lendemain de sa première
vision d'un homme mort, lui qui, depuis ses
neuf premières années, ne connaissait rien
d'autre que la vie bien insouciante. Zolotov
se remémore ses neuf ans, sur ce même
trottoir, époque en suspension où, d'abord
en tache sur l'horizon, il avait vu s'approcher
le profil en contre-jour d'un homme, voûté
malgré sa forte stature, le teint basané, le
regard perçant d'un Russe du Sud. Cet homme

transportait à son épaule une lourde boîte de bois trop blanche. De loin, le jeune Zolotov avait pensé au Christ portant sa croix.

Zolotov, petit, mais déjà curieux, l'avait abordé en le croisant à sa hauteur : « Monsieur, qu'est-ce qu'il y a dans votre coffre ? » Et l'homme, haletant, suant, de passer son chemin, prenant tout juste le temps de retourner sa tête et de répondre au jeune Zolotov de neuf ans : « Mon fils. »

L'Angoisse du paradis

Zolotov, 73 ans, en voyage aux Kiribati. Plus précisément, dans la République des Kiribati, pays composé d'un chapelet d'atolls et d'îles s'élevant à seulement quelques mètres au-dessus du Pacifique. Les Kiribati totalisent à peine plus de 800 kilomètres carrés, superficie répartie sur 21 îles, mais peuvent revendiquer une zone maritime de 3,5 millions de kilomètres carrés en raison des vastes distances entre chacune des îles et de leur disposition au beau milieu de l'océan et de nulle part. La principale ressource financière du pays provient des redevances versées en droits de pêche par les autres pays. Voilà pour la leçon d'économie et de géographie.

Sur Terre, la République des Kiribati est le pays le plus à l'avant-scène des effets du changement climatique mondial. Pays indépendant depuis 1979, ses atolls sont au ras de l'eau, à souvent à peine un ou deux mètres d'altitude. La lente mais sûre montée du niveau des océans la condamne à son démaigrissement, à son érosion, puis à sa disparition. Îles nées des eaux, îles ravalées par les eaux.

Pour éviter l'agonie finale, le président des Kiribati, Anote Tong, s'est porté acquéreur de milliers d'hectares de terre dans la République des Fidji, afin d'y migrer la totalité de la population micronésienne de son pays, soit 120 000 habitants. Plusieurs ont déjà quitté les Kiribati, allant rebâtir leur vie et constituer leurs prochaines lignées en Nouvelle-Zélande.

Se rendre aux Kiribati constitue un périple en soi. « C'est mon dernier voyage », pense Zolotov en atterrissant sur la piste de Tarawa-Sud. Officiellement, Zolotov doit rencontrer Anote Tong pour mieux comprendre et consigner de visu l'état érosif du chapelet kiribatien, une étonnante affectation confiée par les responsables du département d'Environnement et de développement humain de l'Université pédagogique d'État des sciences humaines de Komsomolsk-sur-Amour. À dire vrai, il fut surtout décidé par l'ensemble des bonzes du corps universitaire russe que Zolotov avait bien droit, en sa qualité d'historien et de professeur d'histoire aujourd'hui âgé et bien émérite, de bénéficier d'un subside raclé dans les fonds de tiroirs d'une guirlande d'universités afin de lui permettre de visiter la destination de son choix, durant un mois. Gage de gratitude pour services rendus, d'autant plus que « le père Zolotov, il est plus bien jeune ». Zolotov, aussi étonné qu'honoré, avait alors répondu : « Merci les amis, et puisque vous insistez, ce sera les Kiribati ! »

Tout juste si le toit de l'aérogare de Tarawa-Sud, capitale abritant 50 000 habitants (la moitié de la population totale du pays), n'est pas en paille. En dehors de la capitale, le quasi-vide. Quelques habitants dispersés à l'intérieur de quelques villages dispersés sur 21 îles dispersées dans le Pacifique. Habitants oxygénés de tout patrimoine, mais qui ne manquent de rien.

C'est ainsi qu'à son neuvième jour dans la capitale, après avoir rencontré Anote Tong (affable homme de ce micro-État, qui compte au nombre de ses amis le fondateur de Walmart, le prince de Monaco et le pape François 1er), Zolotov survole la distance entre Tarawa-Sud et l'île d'Abemama, le corps spasmodique dans un avion à quatre places bien bourdonnant et bien pétaradant, seule machine à effectuer une navette bimensuelle entre les deux localités. Abemama : 16 kilomètres carrés, 3 200 habitants. Premier constat de Zolotov après le terrorisant atterrissage : « Me voici bien loin de Nijni Novgorod, de New York, de Barcelone, de Montreux ou de ce tout inclus cubain où besogne probablement encore mon ami Luis Felipe González. »

À son troisième jour à Abemama, maladroitement allongé dans le hamac du couple sans âge qui l'héberge, Zolotov annote :

À Abemama, mon hôte Tabaatei se lève vers les neuf heures. À demi ensommeillé, il sort de sa paillote, marche trente secondes en direction de la plage, puis s'avance dans l'eau du lagon jusqu'au moment où la mer, toujours parfaitement lisse, frôle la hauteur de ses genoux. De là, il lance son filet à l'eau. Geste de routine, exécuté avec la souplesse d'un rituel chaque matin renouvelé. De la même manière, depuis toujours. Le même élan, la même maîtrise de l'art de l'invisible.

Assister au rare spectacle d'un rituel préconscient, immémorial et en extinction, comme celui de cette pêche matinale pratiquée par mon hôte Tabaatei, représente un privilège à la fois pénible et prodigieux. À brève échéance va s'évaporer la virtuosité de cette lancée gracieuse, mouvement répété des millions de fois depuis 1 500 ans. Filet voletant, puis flottant quelques secondes à la surface de l'eau, avant de disparaître englouti, puis par prestidigitation, reparaître, cette fois fourni d'une surabondance de poissons, frétillant en mille reflets d'écailles lumineuses et fabuleusement colorées. Le filet prend et rend la vie. Nourrit d'abord les mœurs, façonne l'âme puis alimente le cœur. Tout comme maintenant l'eau du Pacifique rend puis reprend l'île en érosion.

Seulement trois minutes suivant sa lancée, l'hôte pêcheur Tabaatei reploie le filet vers lui. Dans les mailles, les animaux aquatiques sont si nombreux que Tabaatei rend à l'eau la majorité de sa poissonnerie vivante. Déjà vers les 9 h 15, Tabaatei a comblé l'essentiel des impératifs de sa journée. Vers les dix heures, sa femme Teetang a quant à elle terminé d'apprêter et de mijoter la poiscaille pour les repas du midi et du soir. Autour de sa paillote, Teetang ramasse au sol quelques papayes tombées durant la nuit. Voilà essentiellement en quoi consiste la vie du couple Tabaatei et Teetang.

Sans électricité, hormis quelques génératrices moribondes activées durant quelques minutes le soir, les résidents des atolls les plus éloignés, comme ici à Abemama, semblent exempts de toute contrainte, soustraits à toute pollution visuelle ou sonore : pas de télé, pas de journaux du jour, pas de téléphone. Personne ne manque de quoi que ce soit, les touristes sont aussi rares que rarissimes, éliminant d'emblée toute perspective de déclencher une quelconque envie d'en vouloir davantage. De vouloir changer. D'enfin accéder à la vie meilleure.

Contrairement à d'autres cieux, où soit la nourriture crie pénurie, où soit la guerre s'épanouit, où soit encore la nature répand ses caprices (ici hostile, là froide, ailleurs productrice d'intempéries), ici à Abemama, les forces extérieures menant la majorité des humains à peiner pour soutenir leur subsistance ou leur survie, sont totalement inexistantes. Hormis la lente érosion de l'île.

J'observe mon hôte Tabaatei depuis trois jours. Il pratique à répétition le même cérémonial. Une fois ses 15 minutes de besogne matinale accomplies, Tabaatei s'assoit sur la plage. Le jour durant, il regarde la mer. Souvent assis, les jambes allongées, les bras arqués derrière son dos. Ou parfois le corps replié sur lui-même, en quasi-position fœtale. Ou encore le corps allongé sur son flanc,

*gauche ou droit, tête soutenue de la paume de
sa main. Toujours à regarder en direction de
l'horizon. Un panorama si dense, si clair, si
haut, qu'il est permis de qualifier cet horizon
de vertical. Pour Tabaatei, un horizon sans
désirs ni désirs de promesses.*

*Mais regarde-t-il vraiment la mer ? Le plus
étonnant paysage qu'il m'ait été donné de
voir se situe au Kosovo, à Brod. Dans un rayon
d'une poussière de kilomètres, Brod dévoile
en miniature le spectre des beautés du monde,
et ce, de la tête de ses habitants jusqu'aux
sommets des montagnes environnantes. Des
montagnes d'où se superposent face au ciel,
en strates relevant des plus pures harmoniques, des couronnes géologiques issues des
différents cycles ayant précédé la matéria-
lisation même de ces montagnes, c'est-à-dire
dans un passé antérieur au premier regard
d'un humain sur celles-ci.*

*À Abemama, tout comme à Brod, alors
que le voyageur s'abreuve aux torrents de la
beauté, les enfants natifs de ces sols de per-
fection semblent étanches à l'effet de splendeur
du paysage. Tabaatei regarde-t-il la lagune,
la baie et l'océan, dans un état empreint
d'intenses réflexions ? Je ne crois pas. Je lui
ai demandé : « Que fais-tu de tes journées
Tabaatei ? » Il m'a simplement répondu :
« Rien », bien qu'ici ce rien soit sans opposition à quoi que ce soit, à savoir qu'il ne ressent
ni la contradiction ni un quelconque paradoxe ou déchirement ni l'envie de faire autre*

*chose ni la honte de ne pas faire autre chose,
d'en avoir même ou non la volonté.*

*Pour l'essentiel donc, Tabaatei est. Calme.
Tranquille. Alors que j'éprouve sur cette île
la sensation de flotter au paradis, Tabaatei
semble soustrait à tout tourment sur le plan
de ses mécaniques internes. Il fonctionne avec
six pièces, comparables à celles d'un vélo,
alors que ceux qualifiés de civilisés, comme
moi, ne semblent bien fonctionner qu'une
fois bien réglées les composantes fragiles du
satellite qui leur sert d'existence, en orbite
autour du présent, orienté vers l'avenir et
propulsé par les moteurs de l'antériorité.*

C'est à son cinquième jour à Abemama,
après avoir sillonné plusieurs fois l'île à
vélo, que Zolotov amorce sa lente ascension
vers un grand vertige. Assis sur la plage, à
regarder Tabaatei regarder devant lui, qui
sait, le vide ou l'océan. Un grand vertige
oui. Espace où se déplace véloce une souris
d'angoisse. Puis deux, trois, quatre et puis un
très grand nombre de ces souris. « Abemama
est un paradis dont il est très aisé de faire le
tour. »

Sixième jour. Ou est-ce déjà le septième ?
Zolotov est soudé à ce sentiment d'angoisse
qui enfle, gonfle, l'emporte, à grands traits
d'absence, dans ce ciel, dans l'eau transpa-
rente, sur la plage, dans cette oasis scindée
en deux tranches de temporalité : la zone du
plein jour clair et celle du soir mitraillé
d'étoiles. Le seul nuage apparent est celui

sur lequel Zolotov se sent flotter. Dériver tout comme il sent l'île et la Terre en dérive.

Cet état d'angoisse en ce paradis s'accompagne d'un silence assourdissant. Un silence intérieur. Un silence d'impact. Zolotov peine à prendre conscience que le prochain transbordement de son corps dans un avion qui le ramènera vers Tarawa-Sud, puis dans un autre avion vers les Îles Marshall, puis dans un autre vers Taipei, puis dans un autre vers Hong Kong, puis dans un autre vers Moscou, puis dans un autre vers Nijni Novgorod, il réalise alors que son départ d'Abemama est impossible avant une huitaine de jours, lui qui se verrait déjà ailleurs, particulièrement chez lui.

Suivant le jour vient la nuit, ici sans sommeil. La voûte étoilée, trop lumineuse, trop claire, empêche Zolotov de dormir. « L'eau monte en ce lieu qui planifie son exil », se répète-t-il dans une amorce fiévreuse.

Au matin, Zolotov est épuisé. Fatigué de cette fatigue. À l'horizon, toujours la même surcharge de beauté grandiose, de soleil, de ce permanent décor. « Pour la première fois de ma vie, me voici donc au paradis. L'air, l'eau, la plage, le soleil, tout est parfait. »

D'autant plus que du fond de la plage sur sa droite, Zolotov distingue Ana-Maria Stinghe, suivie de son père Nic Nicolo, baguette tendue vers le ciel, dirigeant un immense cerf-volant composé d'un chapiteau d'oiseaux. Derrière Nic Nicolo avance le cortège de ses descendants, fière lignée de romanichels roumains, chacun vêtu de la mode prévalant à l'époque de son passage sur Terre.

Ana-Maria s'approche de Zolotov : « Tu crois que ma vie est finie ? »

Zolotov répond : « Je crois qu'elle n'est pas encore commencée. »

Puis voilà sur la droite qu'arrive Yiaroslav Stolypine, garagiste sans âge qui annonce à Zolotov que « ce qui mène à tout ce comportement bête des hommes n'est rien d'autre qu'un concours d'orgueil et de vanité, mettant en vedette des enfants armés à l'extérieur et mal nourris à l'intérieur. »

À gauche de Zolotov, se frayant un chemin parmi la lignée du Cirque Volant, surgit une étincelante Volga des années soixante, voiture emblématique des usines GAZ. Son père en descend, souriant très largement, passe devant le véhicule en sautillant, se dirige vers le côté passager, ouvre la portière d'où se décapsule Youri Gagarine, visière de cosmonaute au casque. Amical signe de main du tandem père-Gagarine en direction de Zolotov.

Du ciel, Zolotov entend sa mère : « Ivan, mon si bon Ivan ».

Émergeant du fond de la lagune s'avancent Dorena et Lenara Tchoutchoumacheva. Au centre du duo, son ami Dimitri Mazunov, cigarette Cosmos plantée aux lèvres.

Puis, à 45 degrés sur sa droite, apparaît la beauté cubaine Carla Lopez (en robe indigo), puis Carmélie (en robe rouge), puis Jeldora (en jeans) qui se rapproche de Zolotov, se penche à son oreille, lui dit : « Tu vois Ivan, c'est toujours un peu meilleur, quand c'est un peu illégal. Tu m'aimais pour ce que je pouvais devenir. Pour toi, je n'étais ni le miroir ni le complément, mais une fable à écrire. » Jeldora dépose un baiser sur le front de l'homme.

À ses pieds, Zolotov entend en sourdine le cri d'une fillette hurlant sa mort de peur. Zolotov creuse dans le sable à mains nues, frénétique, et plus il creuse et plus ce cri d'ultrasons se clarifie. Zolotov creuse encore, voit des doigts apparaître, disparaître à nouveau sous le sable, puis reparaître, Zolotov creuse encore plus rapidement, empoigne une main, tire le bras, soulève le corps par les aisselles, extirpe une fillette ensablée qui cesse ainsi ses hurlements et dit en pointant Zolotov : « Enfin Zolotov ! Enfin ! » Et la petite s'élance sur la plage, cendres de la mer, en direction de Natasha (huit ans) et de Rita (six ans), cousines aux joues épaisses, qui elles couraient déjà, bras tendus vers Gagarine.

Sapé en playboy, Winston Brown, journaliste et polémiste pour la prestigieuse publication internationale *ART&ARTS*. « Tu vois Zolotov ? Le grand Musée de l'air ! Ici même ! Tu sais, Julia Garcia et moi, on a bien fabriqué toute cette histoire de *Toile invisible*. Tu te souviens ? Po, l'artiste créateur et ses théories ? Qui disait la chair à enchères ? La chair à enchères ! Po et le nom désormais bien consigné en lettres d'or dans les glossaires entre Camille Pissarro et Jackson Pollock ? On a tout inventé et tout bien planifié. Que du discours ! Le discours vendait le produit, parce que le produit, c'est le discours, monsieur le Russe, tout simplement le discours, à tout jamais indétrônable au sommet de la création ! »

Debout sur des tanks japonais abandonnés sur la plage d'Abemama depuis la Seconde Guerre, une centaine d'hommes. « Des sémaphoristes », constate Zolotov. Des sémaphoristes, tous vêtus à l'identique, pantalons blancs, gilets rouges. À jouer du bras, à plier, déplier et replier du coude, corps rigides à battre des ailes par d'amples signes de fanions, plutôt non, ce sont des drapeaux. Zolotov reconnaît chaque drapeau au bout de chaque bras, ces drapeaux tels qu'ils apparaissaient illustrés dans son dictionnaire d'enfance, en 1944. Allemagne : drapeau orné de la swastika. Palestine : drapeau orné de l'étoile de David. Siam : drapeau orné d'un éléphant blanc. URSS : drapeau marqué d'outils agricoles en jaune d'or, surplombés d'une étoile tout aussi dorée, outils reposant sur une nappe rouge sang. Puis Zolotov reconnaît le président Anote Tong, en sémaphoriste à l'avant-scène, un drapeau de la République des Kiribati dans chaque main, agitant en gestes précis le coloré tissu rectangulaire montrant l'image d'un oiseau, d'un soleil et de la mer. Les mouvements sémaphoriques du président pronostiquent à vue un danger imminent de noyade.

Sur la portion de la plage constituée de galets, deux gendarmes soviétiques peinent à se tenir en équilibre sur un seul vélo, neuf et rouge. Numéro d'amateurs chancelants : « Alors monsieur l'historien ? On fait des S avec ses songes ? »

Pour la première fois, Zolotov remarque l'étendue de la beauté de Margaryta Pesotska, Ukrainienne honnie de Gorki pour cause d'insalubrité planifiée par les bons soins d'un Zolotov vengeur. « Ivan, j'ai toujours su que c'était toi qui avais provoqué les odeurs et la démolition de mon immeuble. Non content d'avoir noyé Dimitri dans la Volga, tu as forcé mon exil. Je te pardonne, car comment ne pas aimer un homme usant d'autant d'adresse pour exprimer si savamment sa vengeance ? »

Zolotov est ainsi tant entouré, si submergé de surabondance soudaine d'humanité, qu'il remarque en lui se perforer les digues emmurant, depuis 73 années bien comptées, son état de réclusion. Pour la première fois, sur cette plage d'Abemama, c'est à lui que l'on rend visite « en si grand nombre sur cette scène », lui qui aura parcouru son existence à explorer les autres, dans leur présent comme dans leur passé, glissant à la surface de leur mystère, sans jamais s'y poser, préconisant le constant mouvement, celui du solitaire spectateur en éveil, celui

de l'homme dit libre, cel
nant le parti de se draper d
tiqué puis converti en cha
« Choisir d'être orphelin d'
ces amitiés durables qui, che
semblent si puissantes, si aptes
en caractères d'intimité, d'inté.
d'intensité tangibles. Maître nageu.
arguments circulaires, me voici, bie.
en ces eaux étrangères. »

Alors pour la première fois, Zol
ressent le silence d'impact de la sourde s
tude qu'il habite et qui l'habite. Pour contre
cet effet, il regarde Tabaatei, l'hôte pêcheur,
qui lui, calme, attache fixe son regard sur cet
horizon vertical devant lui, sans se formaliser des étonnantes manifestations prévalant
sur la plage. « Tabaatei voit plus loin que
mon regard. Tabaatei est totalement indifférent au réel ou aux fabulations. Totalement
indifférent à l'apparition soudaine de la
Terreur de Gorki au fond du lagon. Totalement indifférent à l'océan en ébullition à
l'intérieur de mon canal lacrymal. »

C'est à ce moment que Zolotov réalise
que Tabaatei ne regarde ni le ciel ni l'océan
devant lui. Et qu'il ne l'a jamais fait. Qu'il
réalise que l'hôte Tabaatei est aveugle, probablement de naissance. Et c'est à ce moment
seulement que Zolotov ressent l'ampleur de
la chorégraphie à l'intérieur de laquelle,
dans ce paradis, se délimite chaque jour le
quotidien des hommes.

Ce livre est dédié à Marie-Ève,
mon Île d'Entrée,
à Maude et William,
qui m'ont appris à marcher.

Remerciements

Jean-François Girard. Matthieu Rytz. Martine Desjardins. Jean-François Benoît. Leslie Molko. India Desjardins. Sébastien Bec. Le poète Réjean Thomas. Luc Bouchard. Marise Daigle. Virginie Demers. Catherine. Michel Vézina. Isabelle Rolland. Maria Baltzer. Sofia Stancioff. Krystel Mondor. André Simard. Michel Laprise. Les patients de l'Institut du Facteur Bleu. Liliane Ponton. Frédéric Charles Antoine Dard. Michel Louis Albert Regnier. Marcel Mordekhaï Gottlieb. André Franquin. Pierre Jamet. Jacques Tristsch. Georges Thibault. Marcel Quinton. Eric Reed Boucher. John Graham Mellor. Michael Geoffrey Jones. Julius Henry Marx. Jimmy Wales et Larry Sanger. Nick Drake. Achile Paris. Gina Bluteau. Darya Dyakonova. Jade Bérubé. Mélanie Vincelette. Aux amis, Louis-Philippe et mes précieux parents.

Achevé d'imprimer sur les presses
de Marquis-Gagné
à Louiseville, Québec, Canada.
Troisième trimestre 2015